Jakob Wassermann

Der Geist des Pilgers: Das Gold von Caxamalca + Witberg
(Historische Romane)

e-artnow 2018

**Theodor Mügge**
**Erich Randal:** Historischer Roman

Henryk Sienkiewicz
Pan Wolodyjowski (Historischer Roman): Der kleine Ritter

Henryk Sienkiewicz
Sintflut (Historischer Roman)

Willibald Alexis
Ruhe ist die erste Bürgerpflicht

Hendrik Conscience
Der Löwe von Flander (Historischer Roman)

*Jakob Wassermann*

# Der Geist des Pilgers: Das Gold von Caxamalca + Witberg (Historische Romane)

Eroberung des Landes Peru

e-artnow, 2018
ISBN 978-80-268-8734-8

# Inhaltsverzeichnis

# Das Gold von Caxamalca

# 1

Das Folgende wurde niedergeschrieben von dem Ritter und nachmaligen Mönch Domingo de Soria Luce in einem Kloster der Stadt Lima, wohin er sich, dreizehn Jahre nach der Eroberung des Landes Peru, zur Abkehr von der Welt begeben hatte.

Im November des Jahres 1532 zogen wir, dreihundert Ritter und etliches Fußvolk, unter der Führung des Generals Francesco Pizarro, Friede seinem Andenken, über das ungeheure Gebirge der Kordilleren. Ich will mich bei den Schwierigkeiten und Gefahren dieses Marsches nicht lange aufhalten. Es sei genug, wenn ich sage, daß wir manchmal glaubten, unsere letzte Stunde sei gekommen, und die Qualen des Hungers und Durstes noch gering anzuschlagen waren gegen die Schrecken der wilden Natur, die gähnenden Abgründe, die steilen Wege, die an vielen Stellen so schmal waren, daß wir von den Pferden absitzen und sie am Zügel hinter uns herziehen mußten. Auch von der greuelvollen Ödnis, der Kälte und den Schneestürmen will ich nicht reden, und daß einige unter uns den unseligen Entschluß verfluchten, der sie in dieses menschenmörderische Land geführt hatte.

Aber am siebenten Tage waren unsere Leiden zu Ende, und als es Abend wurde, betraten wir erschöpft und dennoch in unseren Gemütern erregt die Stadt Caxamalca. Das Wetter, das seit dem Morgen schön gewesen, ließ jetzt Sturm befürchten, bald auch begann Regen mit Hagel vermischt zu fallen, und es war kalt. Caxamalca heißt soviel wie Froststadt.

Es verwunderte uns sehr, daß wir die Stadt vollkommen verlassen fanden. Niemand trat aus den Häusern, uns zu begrüßen, wie wir es von den Gegenden an der Küste gewohnt waren. Wir ritten durch die Straßen, ohne einem lebendigen Wesen zu begegnen und ohne einen Laut zu hören außer den Hufschlägen der Pferde und ihrem Echo.

Bevor aber noch die Dunkelheit ganz einbrach, gewahrten wir längs der Berghänge, soweit das Auge reichte, eine unübersehbare Menge weißer Zelte, hingestreut wie Schneeflocken. Das war das Heer des Inka Atahuallpa, und der Anblick erfüllte selbst die Mutigsten unter uns mit Bestürzung.

Der General erachtete es für notwendig, eine Gesandtschaft an den Inka zu schicken. Er wählte dazu den jungen Ritter Hernando de Soto, mit dem mich eine aufrichtige Freundschaft verband, und fünfzehn Reiter. Im letzten Augenblick erwirkte de Soto vom General die Erlaubnis für mich, daß ich ihn begleiten durfte, und ich war dessen froh.

Wir brachen in der Morgenfrühe auf; das Gebirge bis in den Äther gegipfelt zur Rechten, die blühende Ebene vor uns und zur Linken, alles war so neu, daß ich nur schaute und staunte.

Nach einer Stunde gelangten wir an einen breiten Fluß, über den eine schöne hölzerne Brücke gebaut war. Dort wurden wir erwartet und in das Lager des Inka geführt. Alsbald standen wir in einem geräumigen Hof, um den eine Säulenhalle lief. Die Säulen hatten kunstreiche Goldverzierungen, die Mauern waren mit gelbem und kobaltblauem Mörtel bekleidet, in der Mitte befand sich ein kreisrundes Steinbecken, das aus kupfernen Leitungen mit warmem und kaltem Wasser gespeist wurde. Prunkvoll geschmückte Edelleute und Frauen umgaben den Fürsten, der ein scharlachrotes Gewand trug und um die Stirn, als Zeichen seiner Herrschaft, die rote Borla, deren Fransen ihm bis auf die Augen niederhingen.

Es hatte ein hübsches Gesicht mit seltsam kristallenem Ausdruck und mochte gegen dreißig Jahre alt sein. Die Gestalt war kräftig und ebenmäßig, sein Wesen gebieterisch, dabei von einer Feinheit, die uns überraschte. De Soto hatte den Dolmetscher Felipillo mitgenommen, einen unlängst getauften Eingeborenen, einen Menschen von tiefer Verschlagenheit, der in der Folge großes Unheil angerichtet hat, wie ich zu gegebener Zeit berichten werde. Ihn erfüllte ein Haß gegen seine Landsleute, dessen Art und Ursprung wir nie ganz ergründen konnten, und er war der einzige Rebell und Abtrünnige, den wir in Peru fanden.

Mit seiner Hilfe also wendete sich de Soto redend an den Inka. Er richtete die Grüße des Generals aus und lud Atahuallpa mit ehrfurchtsvollen Worten ein, er möge geruhen, unsern Führer zu besuchen.

Atahuallpa erwiderte nichts. Keine Miene und kein Blick ließ merken, daß er die Rede verstanden habe. Seine Lider waren gesenkt, und er schien angestrengt zu überlegen, was der Sinn der gehörten Worte sei. Nach einer Weile sagte einer der ihm zur Seite stehenden Edlen: „Es ist gut, Fremdling."

Dies setzte de Soto in Verlegenheit. Es war so unmöglich, den Gedanken des Fürsten und was er empfinden mochte, zu erraten, als hätten Berge zwischen ihm und uns gestanden. Welch eine fremde Welt! Welch ein fremder Schein und Geist! De Soto bat also den Inka auf eine höfliche, fast demütige Weise, ihm selbst mitzuteilen, was er beschlossen. Darauf glitt ein Lächeln über Atahuallpas Züge; ich habe dieses Lächeln späterhin noch oft wahrgenommen, und es hat mich jedesmal wunderlich ergriffen. Er erwiderte durch den Mund Felipillos: „Meldet eurem Führer, daß ich Fasttage halte, die heute zu Ende gehen. Morgen will ich ihn besuchen. Er möge bis zu meiner Ankunft die Gebäude am Platz bewohnen, aber keine anderen. Was nachher geschehen soll, werde ich befehlen."

Wieder entstand ein Stillschweigen. Wir waren nicht von den Pferden abgesessen, weil wir uns im Sattel sicherer fühlten und den Peruanern, wie wir aus Erfahrung wußten, mehr Furcht einflößten. Da gewahrte de Soto, daß der Inka das feurige Tier, auf dem er vor ihm saß und das unruhig an seinem Gebiß kaute und den Boden stampfte, mit großer Aufmerksamkeit betrachtete. De Soto war immer ein wenig eitel auf seine Reitkunst gewesen; es lockte ihn, sie zu zeigen, er dachte auch, dies werde einschüchternd auf den Fürsten wirken. Er ließ dem Tier die Zügel schießen, gab ihm die Sporen und sprengte über den gepflasterten Platz hin. Dann riß er es herum und hielt in vollem Lauf jäh an, indem er es fast auf die Hinterbeine warf, so nahe bei dem Inka, daß etwas von dem Schaum, der die Nüstern des Pferdes bedeckte, auf das königliche Kleid spritzte.

Die Trabanten und Höflinge waren von dem nie gesehenen Schauspiel so betroffen, daß sie unwillkürlich die Arme ausstreckten und bei der stürmischen Annäherung des Tieres entsetzt zurückwichen. Atahuallpa selbst blieb so ruhig und kalt wie vorher. Es hat sich später die Sage gebildet, daß er diejenigen seiner Edlen, die bei dieser Gelegenheit eine so schimpfliche Feigheit bewiesen hatten, noch am selben Tage habe hinrichten lassen. Aber das, wie so vieles sonst, was ich vernommen, ist nichts weiter als müßige und boshafte Erfindung, die das Bild des Fürsten besudeln sollte.

Wir nahmen ehrerbietig Abschied von Atahuallpa und ritten mit ganz andern Empfindungen als noch vor Stunden zu den Unsrigen zurück. Wir hatten den Inka inmitten seiner Heeresmacht gesehen, gegen die zu kämpfen ein sinnloses Unterfangen war. Dreihundert waren wir an Zahl; weitere dreihundert erwarteten wir als Verstärkung aus San Miguele; was sollten sechshundert ausrichten wider die Myriaden? Das peruanische Lager hatte uns einen Glanz und Reichtum gezeigt, der unsre Bangigkeit erregte vor den Hilfsmitteln des bisher gering geschätzten Volkes; zudem eine Zucht und Gesittung, die einen ungleich höheren Kulturzustand verrieten als alles, was wir in den Gegenden der Küste erfahren hatten.

Gold hatten wir genug und übergenug erblickt. Meine Augen hatten nicht ausgereicht, es zu erfassen. Die Fama hatte wahrlich nicht gelogen und nicht einmal übertrieben; kein Zweifel, daß wir an das Ziel unserer glühenden Wünsche gelangt waren, als wir den Fuß in das Innere dieses Zauberlandes gesetzt hatten. Aber wie sollten wir uns des Goldes bemächtigen? War es nicht noch grausamer, einen Schritt vor der Verwirklichung des Traumes zu stehen und verzichten zu sollen, als mit der schimmernden Hoffnung zu spielen?

Wir brachten Mutlosigkeit ins Lager mit, und die Kameraden wurden davon angesteckt, ein Gefühl, das sich nicht verminderte, als die Nacht herabsank und wir die Wachtfeuer der Peruaner von den Berghängen herüberleuchten und so dicht wie die Sterne am Himmel blitzen sahen.

Da aber wurde uns erst die eigentümliche Kraft und Kühnheit des Generals zum festen Halt. Ihn erfüllte die Unentrinnbarkeit, in die wir uns begeben hatten, mit Befriedigung. Jetzt waren die Dinge soweit, wie er sie haben wollte. Er ging bei allen Leuten herum und redete ihnen in Gemüt und Gewissen. Sie sollten sich auf sich selbst und die Vorsehung verlassen, die sie schon durch so manche schreckliche Prüfung geführt habe, sagte er; wären ihnen die Feinde auch zehntausendfach an Zahl überlegen, was wolle das bedeuten, wenn der Himmel mit ihnen sei? Er rief ihren Ehrgeiz an und versprach ihnen unerhörte Reichtümer; indem er, wie schon so oft, das Unternehmen als Kreuzzug gegen die Ungläubigen darstellte, entfachte er den verlöschenden Funken der Begeisterung aufs neue.

Dann berief er die Offiziere zum Rat. Wir kamen in das Haus, das er mit seinen beiden Brüdern bewohnte, und da entwickelte er uns den verwegenen Plan, für den er sich entschieden hatte. Er wollte den Inka in einen Hinterhalt locken und ihn im Angesicht seines ganzen Heeres zum Gefangenen machen.

Wir alle erbleichten. Wir suchten ihn davon abzubringen. Wir nannten es ein höchst gefährliches, ja ein verzweifeltes Beginnen. Er aber hielt uns trocken entgegen, ob denn nicht auch unsere Lage eine verzweifelte sei? Ob uns nicht auf allen Seiten der Untergang drohe und es nicht viel zu spät sei, an Flucht zu denken, nach welcher Richtung wir denn fliehen wollten? Die Landschaft selbst habe sich ja in einen Kerker verwandelt. Ruhig zu verharren, sei nicht minder gefahrvoll; den Inka in offenem Felde anzugreifen, Tollheit; bliebe also nur übrig, sich seiner Person zu versichern; hievon erwarte er eine so außerordentliche Wirkung auf das Land, daß alle andern Mittel im Vergleich dazu geringfügig und schwächlich seien.

Ich sehe ihn noch vor mir, wie er düster fragend um sich schaute, die geballte Faust auf dem Herzen. Er erblickte nur gesenkte Stirnen, denn sein Vorhaben flößte uns die größte Besorgnis ein. Doch wußte er, daß er auf jeden von uns zählen konnte, in jedem Fall. Sein Wille war von unwiderstehlicher Gewalt.

Wir zogen uns in unsere Wohnungen und Zelte zurück, aber nicht um zu schlafen. Meine Augen wenigstens haben in jener Nacht von Schlaf nichts verspürt. Ich lag da und lauschte der dunklen Stimme der Erde und den Einflüsterungen des bösen Dämons in meiner Brust. Und so wird es auch mit den andern gewesen sein.

## 5

Es verhielt sich nämlich derart, daß mir wie uns allen das Land rätselhaft wie die Sphinx war, Bild von unergründlichem Geschehen und gottentwirktem Sein; von gigantischer Natur auch, an Verheißung noch reicher als an Gaben. Der erhabene Anblick des Gebirges schon; wie es aufstieg aus dem Meer; eine Versammlung schrecklicher Riesen; die weißglitzernden Schneekuppen oben, himmlischen Kronen gleich, die nie von der Sonne des Äquators, höchstens unter der zerstörenden Glut ihrer eigenen vulkanischen Feuer schmolzen; die steilen Abhänge der Sierra mit wild zerklüfteten Wänden aus Porphyr und Granit mit wütenden Gletscherbächen und unermeßlich tiefen Felsschlünden; und innen, im Schoß der Berge, die geahnten und gewußten Schätze an Edelsteinen, Kupfer, Silber und Gold.

Gold, vor allem Gold! Traum der Träume! Die Schluchten voll, die Erzgänge voll, ins Gestein gesprengt, grünleuchtendes Geäder unterm Eis, rotglühende Barren in den Höhlen, im Gefieder der Vögel und im Sand der Steppen, in den Wurzeln der Pflanzen und im Gerinnsel der Quellen.

Um Gold zu gewinnen, hatten wir ja die Heimat verlassen und alle Fährlichkeiten auf uns genommen, die Wechselfälle eines entbehrungsreichen Lebens in einer unbekannten Welt. Ich hatte mein väterliches Erbteil vertan, hatte mich brotlos, und die Haltung eines Edelmannes mit Mühe bewahrend, in den Städten Kastiliens herumgetrieben, und als mir die Not an den Hals stieg, hatte ich den Werberuf Francesco Pizarros vernommen, der um jene Zeit in Madrid eingetroffen war, um einen Vertrag mit der Krone zu schließen. Und nachdem ich mich ihm und seiner Sache versprochen hatte, war mein Sinn nur noch darauf gerichtet, wie ich zu Reichtum gelangen könnte, und hierin war kein Unterschied zwischen mir und allen meinen Gefährten, den Rittern wie den einfachen Soldaten. War doch ganz Spanien, ja ganz Europa in einem fiebernden Taumel, solcherart, daß die Kinder und die Greise, die Granden am Hof und die Vagabunden auf den Landstraßen, der Bischof und der Bauer, der Kaiser und sein niedrigster Knecht keinen anderen Gedanken mehr hatten als die Schätze Neu-Indiens. Dieses verheerende Fieber hatte auch mich erfaßt und war bis auf den Grund meiner Seele gedrungen, wo es alles Licht auslöschte.

Wir wußten von Tempeln, deren Dächer und Treppenstufen aus Gold waren. Wir hatten Gefäße und Zierate und Gewänder aus purem Gold gesehen. Man hatte uns von Gärten erzählt, in denen die Blumen meisterlich aus Gold nachgeahmt waren, insonderheit das indianische Korn, bei dem die goldene Ähre halb eingeschlossen war in breiten silbernen Blättern, während der leichte Büschel, zierlich aus Silber verfertigt, von der Spitze herabhing. Gold schien in diesem Land so gewöhnlich wie bei uns das Eisen oder Blei, und in der Tat kannten die Peruaner beides nicht, weder Eisen noch Blei.

Das Unfaßliche, quälend in seiner Seltsamkeit, war, daß den Menschen hier das Gold, letztes Ziel und heißestes Begehren aller übrigen Menschheit, nichts bedeutete. Es war nicht Tauschmittel, nicht Besitztitel, nicht Maß, nicht Merkpunkt, es bildete nicht den Antrieb zur Tätigkeit, es lockte nicht und peinigte nicht und machte keinen schlecht und keinen gut und keinen stark und keinen schwach. Man hätte meinen können: ist es nicht Gold, so ist es eben sonst ein Metall oder edles Element; aber dem war nicht so. Besitz war unter ihnen in anderer Ordnung geregelt als irgend sonstwo in der Welt, in einer märchenhaften und unsern Geist beunruhigenden Weise.

Es lag an der Rangstufung der Geschöpfe. Millionen und aber Millionen einander völlig gleich; und über allen diesen unendlich hoch der Inka. Eine solche Vergöttlichung eines sterblichen Menschen hat es, soviel mir bekannt, noch nie gegeben und wird es vielleicht nie wieder geben. Ich hatte nach und nach viele Beweise davon erhalten und viele Berichte gehört. Von ihm floß Wohl und Wehe aus, alle Gnade, alle Würde, alle Habe. Auf der befransten Borla trug er zwei Federn des überaus seltenen Vogels Coraquenque, der in einer Wüste zwischen den Bergen lebte und nur getötet werden durfte, um das fürstliche Haupt zu schmücken.

Es ist mir erzählt worden, daß vor grauen Zeiten das Volk lichtlos und gesetzlos dahingelebt habe. Da spürte die Sonne, die große Leuchte und Mutter der Menschheit, Erbarmen mit seinem niedrigen Zustand und sandte zwei ihrer Kinder aus, daß sie ihm die Segnungen des gesitteten Lebens bringen sollten. Das überirdische Paar, Bruder und Schwester, zugleich Gatte und Gattin, zog über die hohen Ebenen; sie führten einen goldenen Keil mit sich, und es war ihnen befohlen, ihren Wohnsitz an der Stelle aufzuschlagen, wo der Keil ohne Mühe in die Erde drang. Im fruchtbaren Tal von Cuzco erfüllte sich das Mirakel, der goldene Keil verschwand von selbst in der Erde.

Von diesen beiden Lichtwesen stammte der Inka ab, und alles Land war sein Eigentum.

Das ganze Gebiet des Reichs war für die Bodenbearbeitung in drei Teile geteilt, einen für die Sonne, einen für den Fürsten und einen, den größten, für das Volk. Jeder Peruaner mußte mit zwanzig Jahren heiraten, dann versorgte ihn die Gemeinde mit einer Behausung und wies ihm ein Landlos zu. Aber die Teilung des Bodens wurde in jedem Jahr erneuert und der Anteil je nach der Zahl der Familienmitglieder vergrößert oder verringert. Zuerst mußten die der Sonne gehörenden Felder bearbeitet werden; dann die der Greise, der Kranken, der Witwen, kurz aller derer, die aus irgendeinem Grund ihre Angelegenheiten nicht selber führen konnten; danach kam der Boden, der den eigenen Bedarf decken sollte, an die Reihe, doch war ein jeder verpflichtet, seinem Nachbarn zu helfen, wenn der etwa eine junge und zahlreiche Familie hatte. Zuletzt wurde der Acker des Inka besorgt, und das geschah mit großer Feierlichkeit und vom ganzen Volk gemeinschaftlich. Bei Tagesanbruch wurde von einem Turm herab zur Zusammenkunft gerufen, und Männer, Frauen und Kinder erschienen in ihren schönsten Kleidern, verrichteten heiter das Tagewerk für ihren Herrn und sangen dazu ihre alten Lieder und Gesänge. So hat man mir erzählt, und es ist wahr.

Gemeingut war die Pflugschar, die Scheune, die Saat und das Brot. Gemeingut waren die Herden; zur festgesetzten Zeit wurden die Schafe geschoren, die Wolle wurde in die öffentlichen Vorratsspeicher abgeliefert und jeder Familie so viel davon zugeteilt und den Frauen zum Spinnen und Weben überwiesen, als zu ihrem Gebrauch erforderlich war. Alle mußten arbeiten, vom Kind bis zur Matrone, falls sie nicht zu schwach war, den Rocken zu halten. Niemandem war es erlaubt, müßig zu sein; Müßiggang war Verbrechen.

Gemeingut waren die Bergwerke, die Schmelzöfen, die Sägemühlen, die Windräder, die Steinbrüche, die Brücken, die Straßen, die Wälder, die Häuser, die Gärten. Kein Mensch konnte reich werden, keiner konnte verarmen. Kein Verschwender konnte sein Vermögen in schwelgerischer Laune vergeuden, kein Spekulant seine Kinder durch waghalsige Geschäfte zugrunderichten. Es gab keine Bettler, es gab keine Schmarotzer. War ein Mann durch Unglück herabgekommen, denn durch eigene Schuld war es unmöglich, so war der Staat zu seiner Hilfe bereit, und er demütigte ihn nicht, indem er ihm eine Wohltat erwies, er stellte ihn, wie es das Gesetz verlangte, wieder auf gleiche Höhe mit den übrigen. Unbekannt waren Ehrgeiz und Habsucht, Ruhlosigkeit und der krankhafte Geist der Unzufriedenheit, politische Leidenschaft und selbstisches Streben. Niemand hatte Eigentum, alles gehörte allen, und alles, nicht nur das Land allein, war Eigentum des Inka, dieses Wesens von himmlischem Ursprung.

Da entstand nun die zweifelvolle Frage, ob das Wildheit oder Entwicklung war, Form eines barbarischen und kindlichen Daseins oder eines fortgeschrittenen und höheren. Durfte man es verabscheuen und infolgedessen vernichten, oder war es zu schonen, vielleicht sogar zu preisen als ein Zustand menschlichen Zusammenlebens, der zu wünschen war? Es konnte nicht ohne Belang für uns sein, ob wir rohe und stumpfe Sklaven vor uns hatten, Werkzeuge eines Tyrannen von einer beispiellosen Machtgewalt, oder edlere und reinere Geschöpfe als die der christlichen Welt.

Für mich war da kein Nein und kein Ja zu finden, obwohl es mir bei genauer Überlegung eher scheinen wollte, daß wir es mit verworfenen Leugnern jahrtausendealter Einrichtungen zu tun hatten, die nicht umgestoßen werden konnten, ohne daß das ganze Menschengeschlecht zu Schaden kam. Auf Besitz verzichten, das hieß auf Lohn und auf Ehre verzichten, auf Wetteifer und Auszeichnung, auf Emporstieg und alle Lust des Ungefährs und alles, was das Mein vom Dein und was das Ich vom Du scheidet; ein Gedanke, zu grauenhaft und zu lästerlich, um sich ihm anders hinzugeben als mit dem unbeirrbaren Entschluß, ihn von der Erde zu vertilgen.

So schien es mir in jener Nacht; später war ich desselben Sinnes nicht mehr. Ich wälzte mich unruhig auf meinem kargen Lager und wartete auf den Anbruch des Tages.

Es war ein Tag, der mit Verrat begann, das muß eingestanden werden, und mit Blut endete. Er erniedrigte den Inka und sein Volk für Zeit und Ewigkeit und verwandelte das Land in eine Brand-und Mordstätte. Das ist nicht mehr zu verbergen, und die Spuren sind allerwegen noch heute zu sehen, da ich dieses schreibe.

Trompetenschall rief uns zu den Waffen. Die Reiterei wurde hinter den Gebäuden aufgestellt, das Fußvolk in den Hallen. Die Stunden verstrichen, und wir glaubten schon, unsere Anstalten seien umsonst gewesen, als vom Inka eine Botschaft kam, daß er unterwegs sei.

Aber erst um Mittag wurden die Peruaner auf der breiten Kunststraße sichtbar. Voran schritten zahlreiche Diener, deren Amt es war, den Weg von jedem, auch dem kleinsten Hindernis zu säubern, Steinen, Tieren und Blättern. Hoch über der Menge saß Atahuallpa auf einem Thron, den acht der vornehmsten Edelleute auf den Schultern trugen, während sechzehn auf jeder Seite, überaus kostbar gekleidet, nebenher schritten.

Der Thronsessel war aus gediegenem Gold und warf Strahlen wie eine Sonne. Rechts und links hingen Teppiche herab, die aus den bunten Federn tropischer Vögel mit schier unbegreiflicher Kunst hergestellt waren. Viele der Unsern richteten gierige Blicke auf dieses Prunkstück von kaum zu ermessendem Wert, aber von allen Augen waren meine sicherlich die gierigsten. Ich konnte sie nicht losreißen von der schimmernden Herrlichkeit, und mein Herz schlug mit verdreifachten Schlägen.

Um den Hals trug der Inka eine Kette von erstaunlich großen Smaragden; sein kurzes Haar umflocht ein Kranz von künstlichen Blumen aus Onyx, Türkisen, Silber und Gold, seine Haltung war so ruhig, daß man die täuschende Meinung bekam, eine Figur aus Erz sitze da oben.

Als die vordersten Reihen des Zuges den Platz betraten, öffneten sie sich nach beiden Seiten für das königliche Gefolge. Unter lautlosem Schweigen seiner Leute schaute Atahuallpa suchend rundum, denn von den Unsern war niemand zu sehen, indes wir jedes Gesicht und jede Bewegung von ihnen wahrnehmen konnten.

Da trat, wie es beschlossen war, der Pater Valverde, unser Feldpriester, aus einer der Hallen. Die Bibel in der Rechten, das Kruzifix in der Linken, näherte er sich dem Inka und redete ihn an. Felipillo, der wie sein Schatten hinter ihm huschte, so verhängnisvoll wie unentbehrlich, übersetzte seine Worte Satz für Satz, so gut oder so schlecht er es vermochte.

Der Dominikaner forderte Atahuallpa auf, sich dem Kaiser zu unterwerfen, der der mächtigste Herrscher der Welt sei und seinem Diener Pizarro den Befehl erteilt habe, von den Ländern der Heiden Besitz zu ergreifen.

Der Inka rührte sich nicht.

Pater Valverde forderte ihn zum zweitenmal auf und fügte hinzu, wenn er sich dem Kaiser zinspflichtig erkenne, werde ihn dieser als treuen Vasallen beschützen und ihm in jeder Not beistehen.

Es folgte das nämliche Schweigen.

Da erhob der Mönch zum drittenmal seine Stimme und richtete im Namen unseres Herrn und Heilands die bewegliche Mahnung an ihn, sich zu unserem heiligen Glauben zu bekehren, durch den allein er hoffen dürfe, selig zu werden und der Verdammnis und höllischen Haft zu entgehen.

Es hätte da anderer Worte bedurft und anderer Vorstellungen, als sie dem Pater zu Gebote standen. Er war ein einfacher Mann von geringer Erziehung und hatte die Zunge nicht und hatte die Flamme nicht, um das Herz des Götzendieners zu rühren und es für die Lehre Christi empfänglich zu machen, der wir alle in Demut gehorchen.

Der Inka antwortete auch dieses Mal nicht. Ein starres Bild, saß er auf seinem Thron und schaute den Mönch halb verwundert, halb unwillig an. Dieser blickte ratlos zu Boden, sein Gesicht erblaßte, vergeblich suchte er Erleuchtung und neuen Anruf, und plötzlich wandte er sich um und hob das Kruzifix in seiner Hand wie eine Fahne.

Da sah der General, daß die Zeit gekommen war und daß er nicht länger zaudern durfte. Er wehte mit einer weißen Binde, das Geschütz wurde abgefeuert, der Schlachtruf San Jago ertönte, aus dem Hinterhalt brach wie ein gestauter Strom die Reiterei hervor, und von Überraschung gelähmt, vom Geschrei und Knallen der Musketen und Donnern der beiden Feldschlangen betäubt, vom Rauch, der sich in schweflichen Wolken über den Platz verbreitete, erstickt und geblendet, wußten die Leute des Inka nicht, was sie tun, wohin sie fliehen sollten. Vornehme und Geringe wurden unter dem ungestümen Anprall der Reiterei miteinander niedergetreten, und ich sah nur einen Knäuel von roten, blauen und gelben Farben vor mir. Keiner leistete Widerstand, und sie besaßen auch nicht die Waffen, die dazu ausgereicht hätten. Nach Verlauf einer Viertelstunde waren alle Auswege zum Entkommen mit Leichen geradezu verstopft, und so groß war die Todesangst der Überfallenen, daß viele in ihrer krampfhaften Bemühung die Mauern aus gebranntem Lehm, die den Platz umzäunten, mit den bloßen Händen durchbrachen.

Ich kann mich nicht mehr entsinnen, wie lange das schauerliche Gemetzel dauerte. Mein Geist war verwirrt durch den Anblick des goldnen Thronsessels, auf dem der Inka immer noch saß. Den wollte ich um jeden Preis gewinnen, mit Zaubergewalt zog es mich in den Kreis seiner Strahlen, und ich hieb alles nieder, was sich mir entgegenstellte. Die Getreuen des Inka warfen sich mir und den andern Reitern in den Weg, rissen einige von den Sätteln oder boten die eigene Brust dar, um den geliebten Gebieter zu schützen. Im letzten Zucken des Lebens noch klammerten sie sich an die Pferde, ich schleifte immer drei oder vier mit mir, und wenn einer tot hinfiel, trat ein anderer an seinen Platz. Der Thron, von den acht Edelleuten getragen, schwankte wie ein Boot auf bewegter See, bald vorwärts, bald zurück, je nachdem der Andrang zunahm oder nachließ.

Atahuallpa starrte regungslos in das blutige Verderben, seiner Ohnmacht, es abzuwenden, mit schicksalsvoller Düsterkeit gewiß. Das kurze Zwielicht der Wendekreise verging, der Abend sank; von unserer Mordarbeit ermüdet, fürchteten wir nur eines, daß der Inka entfliehen könne. Andrea della Torre und Cristoval de Perralta stürmten auf ihn los, um ihm das Schwert in die Brust zu stoßen. Da raste der General wie der leibhaftige Sturmwind dazwischen; am Leben des Fürsten war ihm alles gelegen, und indem er den Arm zu seinem Schutze ausstreckte, erhielt er von Cristoval de Perralta eine ziemlich schwere Wunde am Handgelenk. Zugleich fielen vier von den Trägern des Throns auf einmal, den übrigen wurde die Last zu schwer; vor einem Berg von Erschlagenen brachen sie in die Knie; der Inka wäre zu Boden gestürzt, wenn ihn nicht Pizarro und della Torre in ihren Armen aufgefangen hätten. Während ihm der Soldat Miguel de Estete die königliche Borla vom Haupt riß, bemächtigten Perralta und ich uns des Thrones, er auf der einen, ich auf der anderen Seite, und zehn schreckliche Sekunden lang stierten wir uns mit blutunterlaufenen Augen an wie Todfeinde.

Atahuallpa wurde als Gefangener in das nächstgelegene Gebäude geführt, und zwölf Mann wurden damit betraut, ihn zu bewachen.

Eine geisterhafte Ruhe hatte sich über Platz und Straßen ausgebreitet. Aber von einer gewissen Stunde der Nacht an ertönten weit von den Bergen herüber die Klagegesänge des ihres Gottkönigs beraubten Peruaner, anschwellend, abschwellend, immer schmerzlicher und wilder bis zum Grauen des Tages.

Die Soldaten erhielten Erlaubnis, auf Beute auszuziehen, und sie brachten aus dem Lager des Inka viel goldnes und silbernes Geräte mit und viele Ballen Stoffes, so fein im Gewebe und so vollendet in der Kunst der Farbverschmelzung wie wir noch keine vorher gesehen hatten.

Alles entwendete Gut wurde in ein hierfür bestimmtes Haus geschafft, um zur bestimmten Zeit, nach Abzug des Fünftels für die kastilische Krone, verteilt zu werden. Cristoval Perralta und ich hatten aber den Thron des Inka mit Hilfe einiger Leute in einem Versteck untergebracht; einer von ihnen verriet uns an den Pedro Pizarro, worauf uns der General kommen ließ und uns mit unheilvoller Miene aufforderte, den Thron auszuliefern. Das geschah alsbald, denn wir zitterten vor seiner drohenden Stirn.

Um mich schadlos zu halten, durchsuchte ich mit den Soldaten die Häuser der Stadt, und was irgend von Wert war, raubten wir. Die Eingeborenen wurden festgenommen, und wir rissen ihnen Schmuck und Zierate vom Leib. Einzeln oder in Gruppen zogen unsere Leute durch das Gelände und steckten die Wohnungen in Brand, nachdem sie sie ausgeplündert. Sie brachen in die Tempel, erschlugen oder vertrieben die Priester und schleppten fort, was sie tragen konnten an bunten Stoffen und schönen Gefäßen. Aber alles war nicht genug; sie lechzten nach mehr.

Und auch mir war nichts genug; ich lechzte nach mehr.

Eines Abends, als eine Abteilung von ihrem Raubzug, der besonders erfolgreich gewesen war, in die Stadt zurückkehrte, trat der gefangene Inka aus den inneren Gemächern seines Hauses in die Säulenhalle und schaute zu, wie die Soldaten sich ihrer Beute entledigten und wie andre hinzukamen, die goldnen und silbernen Gegenstände in die Hand nahmen, sie einander zeigten, sie betasteten, sie geradezu liebkosten und durch ihr ganzes Gebaren das trunkene Entzücken, die unstillbare Begehrlichkeit und wesenlos neidhafte Angst verrieten, die in ihnen tobten.

Ich stand in der Mitte des Platzes und hatte allmählich mein Augenmerk nur auf den Inka gerichtet. Er schien nicht recht zu begreifen, was sich vor seinen Blicken abspielte. Indem er angestrengt nachdachte, näherte sich ihm Felipillo und sagte mit leiser Stimme und heuchlerisch-demütigem Gebaren einige Worte zu ihm. Wie ich später von Hernando de Soto erfuhr, der es von Atahuallpa selber wußte, war Felipillos Rede so: „Sie wollen Gold. Sie winseln um Gold, sie schreien um Gold, sie zerfleischen einander um Gold. Frag sie um den Preis deiner Freiheit, und du wirst sie mit Gold kaufen können. Es gibt nichts in der Welt, was sie dir nicht für Gold geben würden, ihre Weiber, ihre Kinder, ihre Seele und sogar die Seelen ihrer Freunde."

In jener Stunde ahnte ich nur den Sinn der wahren und furchtbaren Worte. Was mich bis ins Innerste bewegte, war der Ausdruck des Grauens und Grübelns im Gesicht Atahuallpas. Es ist sicher, daß er von da ab unablässig über dies eine nachdachte, denn er vermochte nicht daran zu glauben, daß man für ein so nichtiges Ding, wie es das Gold in seinen Augen war, ein so wichtiges wie die Freiheit gewinnen, ja daß man überhaupt etwas damit erkaufen, etwas dafür haben könne. Etwas haben: das war in seinen Augen ein ganz anderer Begriff als in unsern. Der Gedanke, etwas mit Gold zu erkaufen, mußte ihn im tiefsten Gemüt erstaunen und beunruhigen. In jener Stunde, beim Anblick meiner vom Gold berauschten Gefährten auf der einen Seite und der stummen Gestalt und staunenden Miene des Inka auf der andern, wurde mir zum erstenmal deutlich, wie fremd wir ihm waren, unfaßbar und schaurig fremd, nicht wie Menschen aus einer Welt, die er nicht kannte, sondern wie Wesen von einer ganz und gar unerklärlichen Beschaffenheit.

# 9

Es kamen aber nun seine Diener und Dienerinnen nach Caxamalca, seine Höflinge und seine Frauen, und flehten mit emporgehobenen Händen, daß man sie zu ihrem Herrn lasse. Sie sagten, ihr Leben sei dem Inka zugeschworen seit ihrer Geburt, und aus seiner Nähe verstoßen, müßten sie nach dem Gesetz des Landes den Tod erleiden.

Der General wählte ungefähr zwanzig von ihnen aus, darunter den Prinzen Curacas, den Halbbruder des Inka, den dieser besonders liebte. Es war ein schöner und sanfter Jüngling, dem Fürsten ähnlich an Gesicht und Gestalt. Die übrigen schickte der General wieder ihres Weges. Wie wir kurz hernach vernahmen, begingen sie allesamt Selbstmord.

Es kamen aber auch Tausende von andern Bewohnern des Landes und der Städte, die ihren Herrn nur zu sehen verlangten. Sie wurden erst nach Caxamalca gelassen, wenn man sich vergewissert hatte, daß sie keine Waffen bei sich trugen. Es hätte dessen nicht bedurft. Sie waren in einem Zustand äußerster Verstörtheit. Sie konnten nicht glauben und nicht begreifen, daß der Sohn der Sonne ein Gefangener war. Voll schmerzlicher Verwunderung schauten sie uns an, und wenn einer der Unsern zu ihnen redete, bebten sie in abergläubiger Furcht. Eine übernatürliche Macht schien sie vor den Mauern festzuhalten, die den Inka umschlossen; manche weinten, manche seufzten bloß still, manche lagen auf den Knien, das Haupt zwischen den Armen, und in der Nacht sah ich ihre Augen aus der Dunkelheit leuchten, indes von den Bergen herüber die klagenden Gesänge schallten.

Das ganze Reich war in Trauer und Verzweiflung.

Vom sechsten Tag ab übertrug mir der General die Bewachung des Inka, und zur Erfüllung dieses wichtigen Amtes erhielt ich den Befehl über fünfzehn der verläßlichsten Soldaten.

Ich konnte nun den Gefangenen zu jeder Zeit und aus nächster Nähe beobachten. Er seinerseits schenkte mir keinerlei Aufmerksamkeit; nur für einen einzigen unter uns schien er etwas wie Sympathie zu empfinden, nämlich für Hernando de Soto, der denn auch stets Zutritt bei ihm hatte. Der General sah es mit günstigen Augen, weil er auf diese Art Gelegenheit erhalten wollte, sich über die Gedanken und Pläne des Inka zu unterrichten. De Soto gab sich viele Mühe mit ihm; seine Versuche, ihm unsere Sprache beizubringen und sich ihm verständlich zu machen, schlugen nicht gänzlich fehl.

Atahuallpa verbrachte die Nächte fast ohne Schlaf, mit gekreuzten Beinen auf den Fliesen kauernd. Es war, als geize er mit jedem Schritt und jeder Bewegung seiner Hand. Von den Speisen, die ihm vorgesetzt wurden, berührte er nur, was er zur Nahrung dringend bedurfte. Seinen Frauen schenkte er keinen Blick. Nur mit dem Prinzen Curacas sprach er bisweilen leise.

Der General erwies seinem königlichen Gefangenen eine überlegte Rücksicht und bemühte sich, den Trübsinn, der sich trotz des künstlichen Gleichmuts in seinen Mienen zeigte, zu verscheuchen. Bei seinem Kommen erhob sich der Inka und schaute ihn an, fragend, wartend, glühend, kalt.

Einmal geschah es, daß ihn Pizarro durch den Mund des Dolmetschers bat, sich von seinem Unglück nicht entmutigen zu lassen; zwar teile er das Los aller Fürsten, die sich den christlichen Männern widersetzt hätten, und dafür habe ihn der Himmel bestrafen wollen; aber die Spanier seien ein edelmütiges Volk und übten Gnade gegen die, die sich ihm reuig unterwürfen.

Da sah ich, und der General bemerkte es wohl ebenfalls, daß der Inka die goldne Schnalle an seinem Schuh betrachtete und daß das sonderbare Lächeln über seine Lippen glitt, von dem ich bereits gesprochen habe. Hierauf hob er ein wenig die linke Hand, und der Prinz Curacas, der neben ihm stand, ließ sich auf die Knie nieder und berührte die kaum ausgestreckten Finger bebend-zaghaft mit den Lippen.

Um in der Reihenfolge der Ereignisse zu bleiben, muß ich erzählen, wie der Prinz Curacas von einem meiner Soldaten bedrängt wurde und was sich dabei abspielte.

Es war am frühen Morgen, als der Jüngling sich anschickte, die Säulenhalle zu verlassen, weil er seinem Gebieter Früchte holen wollte, nach denen dieser Verlangen geäußert hatte. Der Soldat Pedro Alcon, der auf Posten stand, verweigerte ihm aber die Passage, und als ihm Curacas sein Vorhaben durch Gesten verständlich machen wollte, packte ihn Alcon bei der Schulter und schleuderte ihn zurück. In ausbrechendem Zorn schlug ihm Curacas mit der Faust ins Gesicht; darauf zog Pedro Alcon das Schwert, und Curacas wandte sich erschrocken zur Flucht. Der Soldat verfolgte ihn mit drohendem Geschrei, entschlossen, die Beleidigung blutig zu rächen.

Ich hatte mich soeben vom Schlaf erhoben, und als ich den Lärm hörte, eilte ich in das Gemach des Inka. Ich sah, daß er in eine bestimmte Richtung blickte, und als ich dorthin schaute, sah ich den Prinzen in windschnellem Lauf gegen das innere Gemach zustürzen. So zahlreich waren die Räume, durch die der Geängstigte lief, daß seine Gestalt zuerst nur ganz winzig erschien. Stumm, mit nach oben geworfenen Armen, rannte er wie ein Reh durch die lange Reihe der Zimmer, der Soldat schwerfällig, mit gezücktem Degen und dröhnenden Stiefeln, hinter ihm her. Endlich war Curacas bei seinem Gebieter angelangt, fiel vor ihm zu Boden und umklammerte seine Schenkel. Pedro Alcon, atemlos und schäumenden Mundes, wollte nach ihm greifen; ich rief ihm zu, sich zu besinnen; er achtete nicht darauf und sah mich grimmig an; da bedeckte Atahuallpa mit der Linken das Haupt seines Bruders, mit der Rechten wies er den wütenden Soldaten ab. Die Gebärde war so königlich, daß Pedro Alcon stutzte; aber nur einen Augenblick; dann schwang er mit wildem Fluch das Schwert, und es wäre um den schönen Knaben geschehen gewesen, wenn sich nicht zwei Sklavinnen vor ihn hingeworfen hätten, den Hieb aufzufangen. Die eine, am Hals getroffen, brach lautlos und blutüberströmt zusammen.

Da hielt Alcon inne. Sein Blick begegnete dem des Inka und forderte von ihm mit grausamer und dreister Hartnäckigkeit das Leben des Prinzen. Ich muß hier bemerken, daß unsere Leute in dieser Zeit durch die Aussicht auf den Besitz ungeheurer Schätze vielfach meuterisch gestimmt waren und daß wir Offiziere in unserer Befehlsgewalt vorsichtig verfahren mußten, um sie noch in der Hand zu behalten.

Die Linke noch immer über das Haupt seines Lieblings breitend, löste Atahuallpa mit der Rechten eine goldene Spange von seinem Kleid und reichte sie Pedro Alcon hin. Ich gewahrte, daß etwas Unsicheres in der Bewegung lag, etwas Zögerndes, als traue er dem Einfall nicht und wage nicht auf den Erfolg zu hoffen.

Alcon nahm das Schmuckstück, wog es auf der Hand und zuckte die Achseln. Der Inka streifte nun den dicken goldnen Reif vom linken Arm und gab ihn dem Soldaten. Der wog ihn wieder, preßte die Lippen zusammen und schaute unschlüssig vor sich hin. Da riß Atahuallpa mit einer ihm sonst nicht eigenen Hast die Kette aus Smaragden vom Hals und warf sie in die frech ausgestreckte Hand des Soldaten. Jetzt nickte Alcon zufrieden, verbarg die Schmuckstücke in seinem Lederwams und schob das Schwert in die Scheide.

Atahuallpa schaute ihn geblendet an, als ob ein Phantom Wirklichkeit geworden wäre. Denn nun war ihm ja der Beweis erbracht, daß man von den Fremdlingen für Gold sein Leben erkaufen konnte. Dies aber dünkte ihn so ungeheuerlich, daß er noch lange in dunklem Staunen stand, aus dem ihn nicht einmal das Wort seines Lieblings erwecken konnte.

Am nämlichen Tag kam der General mit mehreren Rittern zu Atahuallpa, um sich wegen des Vorfalls am Morgen bei ihm zu entschuldigen. Er versprach gerechte Untersuchung und die Bestrafung des Mannes.

Da sagte der Inka mit Worten, die er gequält suchte und stockend an Felipillo richtete, wenn man ihm die Freiheit gebe, verpflichte er sich, den ganzen Fußboden des Saals, in dem wir uns befänden, mit Gold zu bedecken.

Der General und wir andern vernahmen es schweigend, und als Atahuallpa keine Antwort erhielt, fügte er mit größerem Nachdruck hinzu, daß er nicht bloß den Fußboden, sondern den Raum so hoch mit Gold füllen wolle, als er mit einer Hand zu reichen vermochte.

Wir starrten ihn verwundert an, denn wir hielten dies für die Prahlerei eines Mannes, der zu begierig war, sich die Freiheit zu verschaffen, um die Erfüllbarkeit seiner Versprechungen zu erwägen. Der General winkte uns abseits, und wir sollten unsere Meinung äußern. Sein Bruder Hernando und der Sekretär Xeres wollten das Anerbieten abgelehnt wissen, de Soto und ich sprachen dafür. Pizarro selbst war in Ungewißheit. Er hatte die höchsten Vorstellungen von dem Reichtum des Landes und namentlich von den Schätzen der Hauptstadt Cuzco, wo nach verläßlichen Berichten die Dächer der Tempel mit Gold gedeckt, die Wände mit goldenen Tapeten bekleidet und sogar die Zügel aus Gold verfertigt waren. Das müsse doch einigen Grund haben, meinte er; es empfehle sich jedenfalls, auf den Vorschlag des Inka einzugehen, denn dadurch könne er mit einem Schlag alles Gold zu seiner Verfügung bekommen und verhindern, daß es von den Peruanern versteckt oder fortgeschafft werde.

Er sagte deshalb zu Atahuallpa, er wolle ihm die Freiheit geben, wenn er wirklich so viel Gold dafür bezahlen könne, wie er behaupte. Er verlangte ein Stück roter Kreide, man brachte es ihm, und nun zog er in der vom Inka bezeichneten Höhe einen Strich über die vier Wände. Der Raum war siebenunddreißig Fuß breit, zweiundfünfzig Fuß lang, und die rote Linie auf der Wand lief neuneinhalb Fuß über dem Boden.

Dieser Raum sollte mit Gold angefüllt werden. Der Inka forderte hiezu zwei Monate Zeit. Die Bedingungen wurden vom Sekretär Xeres niedergeschrieben und die Urkunde mit einem Siegel versehen.

Wir waren so erregt von der Verhandlung und dem geschlossenen Vertrag, daß unsere Stimmen lallten und die Gesichter wie im Fieber glühten, als wir uns darüber unterhielten. Wir zweifelten; die Zweifel waren mit Bangigkeit und schwüler Hoffnung gemischt. Alsbald verbreitete sich die Kunde im Lager; die Soldaten gebärdeten sich wie toll vor Freude; sie hingen den ausschweifendsten Zukunftsträumen nach, und Schlaf und Spiel und Zeitvertreib wurden ihnen zur Last.

Und mir erging es nicht anders.

Kaum war das Übereinkommen getroffen, als der Inka Eilboten nach allen Städten seines Reichs mit dem Befehl schickte, daß man die goldnen Geräte und Gefäße aus den königlichen Palästen, den Tempeln und Gärten und öffentlichen Gebäuden fortnehmen und ohne Säumen nach Caxamalca bringen solle.

Die Entfernungen waren groß, obschon sie durch den scharfsinnig eingerichteten Läuferdienst minder fühlbar wurden als in unsern Ländern. Im Anfang trafen die Sendungen nur spärlich ein. Nach einer Woche aber kamen an jedem Tag bedeutendere Mengen und wurden in der streng von mir bewachten Schatzkammer niedergelegt.

Immer zur Abendzeit tat der Inka auf die Schwelle des Gemachs, in welchem sich das aus allen Provinzen seines Reichs herbeigetragene Gold befand, maß mit ruhigem Blick die noch leere Wandfläche ab und schien zu berechnen, wie weit es noch war bis zu der roten Linie oben, die seine Schicksalslinie war. Soviel auch täglich von dem gleißenden Metall herzuströmte, so langsam schien es sich zu vermehren.

Wenn er das Auge vom Rand der goldnen Masse zudem unerbittlichen Strich erhob, war es, als zerlege er den leeren Zwischenraum in die Zahl der Tage, die ihn von der Freiheit trennten. Und um ihn standen schweigend und traurig seine Diener und Dienerinnen und lasen von seinen geliebten Zügen ab, wofür es unter ihnen keine Worte gab. Denn für vieles gab es keine Worte unter ihnen, was wir Andersgeschaffenen mühelos bezeichnen konnten und was doch keinen Inhalt besaß.

Es wird mir schwer, einen Begriff von meinen Empfindungen zu geben, und noch schwerer, auch nur anzudeuten, von welcher Beschaffenheit die waren, die ich in der Brust Atahuallpas vermutete, dessen Person und Wesen von Stunde zu Stunde und von Tag zu Tag meine Unruhe und mein Bekümmern stärker erregten. Ich weiß nicht, was es war, ich kann den Grund nicht sagen; oft dünkte mich, als müsse ich in ihn hineinschlüpfen, um sein Herz und das Innerste seiner Gedanken zu erkunden; seine fremdartige Menschenhaftigkeit flößte mir Scheu ein, etwas seltsam Unschuldsvolles, seltsam Geheimnisvolles, so Zartes, daß es Schmerz verursachte, daran zu rühren, wovon ich Auge und Sinn nicht losreißen konnte und was mich überdeckte wie mit einem trüben Schleier.

Erst war er mir nur der Herr des Goldes, unselig mächtig, in finsterm Heidentum unselig verstrickt und den bösen Geistern überliefert, und ich fragte mich nicht, mit welchem Recht ich ihn verdammte, ich, den der stete Anblick des Goldes wie ein brennendes Gift aufwühlte und dessen Hirn nichts wußte als Gold und Glanz des Goldes und Verheißung des Goldes und Wollust, die es bringen sollte. Dann drang meine Seele mit sonderbarer Gewalt in die seine, so daß ich es wie einen Fluch fühlte und alsbald wie eine höhere Stimme und wie etwas, das Gewissenslast und Trauer verursacht. Da war ich bisweilen gleichsam doppelt, er und ich in einem, und das Gold bedrängte mich, und seine Seele bedrängte mich; wie soll man dies erklären?

Ich sah, daß ihn nicht bloß die Sorge und Erkundung nach dem Anwachsen des Goldes beschäftigte; ein ganz anderes spannte und quälte ihn: unsere Gegenwart, unser Sein und Tun. Das hatte ich nach und nach mit Sicherheit ergründet. Es hatte mit Neugierde begonnen; die Sprache, der Klang der Stimmen, Schritt und Gebärde, Zorn und Lachen, Tracht und Sitte, das alles war von einer Verschiedenheit, daß es ihm den Atem stillstehen machte, unerforschlich wie die Welt hinter der Sonne, verächtlich und unheimlich, jedes bis zum Äußersten und so, daß er das eine vom andern nicht lösen konnte. Schaute er in unsere Gesichter, die gegerbtem Leder glichen, traf ihn ein Blick von dem oder jenem, dieser Blick, dem keine Scham und kein Verschweigen innewohnte, so erschrak er wie bei der Berührung von Unreinem.

Seit aber das Gold im Hause lag und wir alle, vom Führer bis zum letzten Söldner, gierig seine Anhäufung bewachten, erfüllte ihn Furcht und Grauen vor uns, und in solchem Grad oft, daß er die Augen schloß, wenn er einen von uns gewahrte. Das ist die Wahrheit, das habe ich erfahren.

Mehrere von unseren Leuten belagerten immer das Fenster, das mit Gittern versehen worden war, und stierten mit glasigen Blicken in den Raum. Sie rochen das Gold, sie schmeckten es, das wußte ich, war es mit mir doch genau so. Manchmal kam einer in die Nähe des Gemachs, spähte auf den gelblohenden Schatz, und seine Züge verkrampften sich zu einem schrecklichen Ausdruck zwischen Zärtlichkeit und Hunger; seine Hand machte die Gebärde des Greifens und sein Auge loderte zur Seite, als fürchte er, daß ein anderer da sei, der ihm zuvorkam. Das war in jedem von ihnen die Angst, daß der andere ihm zuvorkam; das war auch in mir.

Ich bemerkte nicht selten, daß Atahuallpa in der Nacht, wenn seine Getreuen schliefen, aufrecht saß und lauschte. Da war nämlich immer ein Scharren und Schlüpfen, Murmeln und Rascheln, und wenn zufällig der Mond schien und sein Strahl das Gold beleuchtete, sah man die brünstig aufgerissenen Augen, in denen ein matter Schein war, aus Goldglanz und Mondglanz gemischt, und sie waren dann Tieren ähnlich, die auf verborgenen Wegen zur Tränke schleichen, aus Furcht vor anderen Tieren, die stärker sind.

Ein ziemlich alter Soldat, José Maria Lopez, ein Weißbart mit zahlreichen Narben im Gesicht, nahm einmal einen schweren goldenen Ziegel in die Hand, und das wirre Staunen, die halbirre Freude verzerrte seine Züge und ließ sie erbleichen. Es war in der Abenddämmerung; er hatte sich der Schuhe entledigt und war auf nackten Sohlen gekommen; einer der Gefährten hatte ihn argwöhnisch beobachtet; er folgte ihm lautlos und fiel mit heiserem Schrei über ihn her, indem er sich mit beiden Händen an seinen Hals krallte, so daß José Maria Lopez röchelnd niederstürzte.

Ein anderes Mal wieder gingen mehrere hinter einem peruanischen Träger her, der beladen mit goldnem Geschirr eintraf, und rissen ihm die Last mit einem Ungestüm vom Rücken, als wollten sie die Haut mitreißen, dann zählten und zählten sie, wogen und prüften mit zitternden Fingern und sahen einander an wie Wölfe.

Solcherart erfuhr Atahuallpa, daß das Gold eine Wirkung auf uns alle hatte, schlimmer als auf sein Volk der berauschende Chicha, dessen Genuß nur an gewissen Tempelfesten verstattet war. Aber er mußte sich sagen: das gelbe Metall können sie nicht trinken; nur durch die Augen schlürfen sie seinen Schimmer und seine Farbe; was teilt es ihnen mit? Was verspricht es ihnen? Sie schmücken sich nicht damit, sie sind schmucklos am Leibe wie Schatten; was fruchtet es ihnen, Gold zu besitzen?

Sicherlich hegte er ähnliche Gedanken, auch gab er ihnen gegen Hernando de Soto wunderlichen Ausdruck. Er sagte ungefähr, wir seien ohne den tiefen Gehorsam, die Folgsamkeit des Blutes, die im Führer den himmlisch Erlesenen sieht, die Menschensonne; wenn wir uns dem Herrn fügten, geschehe es mit heimlicher Aufsässigkeit und verborgenem Groll, als ob wir gleiche Rechte hätten wie er und gleichen Anspruch auf alle Güter der Welt und es nur nicht wagten, uns wider ihn aufzulehnen, weil er möglicherweise Wege wußte oder Zauberformeln kannte, die uns nicht zugänglich waren. Warum, fragte er voll Verwunderung, schlagen sie in Falschheit die Augen vor ihm nieder und öffnen sie schamlos und verfolgen ihn mit ihren Blicken, sobald er sich von ihnen abgekehrt hat?

Hernando de Soto fand darauf keine Antwort, und er verhehlte mir nicht, daß er vor dem Inka gestanden sei wie ein törichter Schüler. Und mir wurde sein inneres Leben nach und nach zur Vision; mit seinen Augen sah ich die zunehmende Ungeduld meiner Gefährten, mit seinen Augen die Mienen voll Haß und Besorgnis. Ich begriff, daß ihm kein noch so schrecklicher Traum die Ahnung davon vermittelt hatte, daß solche Wesen auf der Erde existierten, wie wir waren. Und als er es erfuhr und diese Wesen kennenlernte, senkte sich die unermeßliche Melancholie über ihn, die sein Herz und seinen Arm lähmte und geschehen ließ, was uns so rätselhaft war: daß er sich ohne Widerstand in sein Schicksal ergab und keinen heimlichen Befehl dazu an seine Untertanen sandte; daß Hunderttausende von bewaffneten Kriegern untätig verharrten, eine Armee von Liebenden, denen der Fürst Kern und Merkziel des Daseins war, und die nur seines Augenwinks bedurft hätten, und die dreihundert Eindringlinge hätten die beleidigte Erde mit ihrem Blut getränkt.

Dies Nicht-Tun ging von Atahuallpa aus, von seinem tiefen Wissen um den Geist der Finsternis, der die Herrschaft angetreten hatte und gegen den sich wehren vergeblich war. Ich weiß wohl, was ich hier sage und nehme es auf mich und halte jedem stand, der mich als einen Christen für solch ein Wort zur Rechenschaft ziehen will; aber war das Christensinn und Christenlehre, unser großer Glaube und heiliges Symbol, was durch das Land sich verbreitete wie unheilbare Krankheit? Das Land war krank; die Seelen seiner Bewohner waren krank; Ekel und Grauen umdüsterte es, und Ekel und Grauen strömte von seinem Lebensmark aus, von Atahuallpa, der ihr Gipfel und ihre Erfüllung war, und der zusehen mußte, wie die Fremdlinge die Tempel plünderten, die Sonnenjungfrauen entehrten, die Gärten verwüsteten, die Felder zertraten, sein überliefertes sakrales Eigentum, alles seit abertausend Jahren. Er konnte nicht dawider handeln; die Welt war unrein geworden, und seine Erfahrung teilte sich dem Volke mit und kehrte als Echo in den nächtlichen Gesängen zu ihm zurück, in denen die nagendste Trostlosigkeit und das Vorgefühl des Untergangs war.

Man brachte dem Inka einen kugelförmigen Opal, der Huoco gehörte, seiner Lieblingsschwester und –gattin, die auf einer Insel im Titicacasee lebte. Sie ließ ihm durch den Überbringer sagen, daß sie zum Tod bereit sei und daß sie sterben werde, sobald er ihr den Befehl dazu erteile.

Er schaute den herrlichen Stein schweigend an, und seine Diener und jungen Frauen wandten die Blicke von ihm ab.

Man brachte ihm auch den gezähmten Puma, der im Garten des königlichen Schlosses stets zu seinen Füßen gelegen war. Das Tier war traurig, weigerte die Nahrung und verendete am dritten Tag.

Am Abend desselben Tages wurde der Prinz Curacas in einem der Gemächer mit einem Dolch in der Brust tot gefunden. Daß Pedro Alcon, erbittert noch dazu durch die Strafe, die der General über ihn verhängt, sein Rachegelüst unerachtet des hohen Lösegeldes, das er vom Inka erhalten, schließlich doch befriedigt, bezweifelte niemand unter uns. Aber der Täter blieb im Dunkeln und wurde nicht verraten und nicht entdeckt.

Atahuallpa schaute die Leiche an, wie er den Opal angeschaut. Sein Schmerz war wie ein Lächeln.

In der Ebene stand mit dreißigtausend Mann Callcuchima, der älteste Heerführer des Inka. Die Gefangennahme seines Herrn, auf eine so plötzliche und gewaltsame Weise durch eine Gattung von Geschöpfen vollbracht, die ihm aus den Wolken gefallen schienen, hatte den Greis gänzlich verstört. Der General bewog ihn zu einer Zusammenkunft und forderte ihn auf, nach Caxamalca zu kommen. Er lehnte es ab. Da erwirkte Pizarro den Befehl des Inka hiezu, und sogleich brach Callcuchima auf. Mit einem zahlreichen Gefolge erschien er in der Stadt. Seine Vasallen trugen ihn in einer offenen Sänfte, und die Bewohner bezeigten ihm die Ehrfurcht, die dem ersten Diener des Königs gebührte. Er selbst aber, als er zu Atahuallpa ging, nahte ihm mit nackten Füßen wie der Geringste und mit einem Stein auf dem Rücken, Sinnbild unbedingter Hörigkeit. Er kniete nieder, küßte dem Fürsten Hände und Füße und badete sie in seinen Tränen.

Ich war Zeuge dieser Begegnung, und ich kann nicht leugnen, daß sie mich erschütterte. An Atahuallpa konnte ich nichts davon wahrnehmen, auch kein Zeichen der Freude über die Anwesenheit seines treuesten Ratgebers. Er hieß ihn einfach willkommen. Dann überreichte er ihm, ohne ein Wort zu sagen, den schönen Opal, den ihm die Schwestergattin geschickt. Dies war das Todesurteil für Huoco, und der greise Callcuchima wankte schluchzend und von seinen Dienern gestützt hinaus.

Unterdessen hatte es sich begeben, daß der Dolmetscher Felipillo, in seiner renegatischen Auflehnung auf der Bahn des Verrats immer weiter getrieben, eine der jungen Frauen des Inka in sinnlicher Besessenheit verfolgte. Solches hatte er vordem nicht einmal in einem Traum gewagt; es war das größte Verbrechen, das ein Peruaner begehen konnte. Atahuallpa sagte zum General, ein derartiger Schimpf, von einem so niedrigen Menschen an ihm verübt, sei schwerer zu erdulden als seine Gefangenschaft. Er war fahl um die Nase, als er es sagte.

Da wurde Felipillos Haß gegen den früher allmächtigen Gebieter maßlos, und er nahm sich vor, ihn vollends zu verderben. Er beschuldigte ihn beim General, daß er sich mit Callcuchima heimlich verschworen habe, die Spanier zu überfallen und bis auf den letzten Mann zu erschlagen. Diese Verleumdung erhärtete er mit den stärksten Eiden.

Mehr gewillt zu glauben als wirklich glaubend, schenkte Pizarro seinen Worten Gehör. Es zeigte sich ihm da ein Weg, wie er sich der gefährlichen Verpflichtung, den Fürsten frei zu geben, entziehen konnte, und er war gesonnen, den Vertrag zu brechen, sei es auf welche Art immer, mit Gewalt oder mit List.

Als nun die Menge des eingelieferten Goldes den roten Strich bis auf etwas drei Handbreiten erreicht hatte, waren unsere Leute nicht länger zu bezähmen und drängten den General zur Verteilung. Dem war das Ansinnen nicht eben unerwünscht, da es ihm die Ausführung seiner finsteren Pläne erleichterte; Hernando de Soto und ich konnten uns später sogar des Argwohns nicht erwehren, daß die widerspenstige Ungeduld der Leute auch noch absichtlich geschürt worden war.

Zum Zweck einer gerechten und gleichmäßigen Verteilung wurde der Beschluß gefaßt, das ganze Gold einzuschmelzen und in Barren zu verwandeln, denn die Beute bestand aus unendlich mannigfaltigen Gegenständen, in denen das Gold sehr verschiedene Grade der Reinheit hatte.

Schon am andern Tag wurde die Schatzkammer ausgeräumt, und es wurden sorgsame Bewachungsmaßregeln dabei beobachtet. Hierauf berief der General eine Anzahl von einheimischen Goldschmieden, die er beauftragte, all die wunderbaren Gefäße, Schüsseln, Becher, Wasserkannen, Tafelgeschirr, Kredenzteller, Vasen, Leuchter, Tempelgerät, Ziegel, Platten, Räucherpfannen, Götzenbilder, Armbänder, Gesichtsmasken, all den Wandschmuck, die Säulenschäfte, die Ketten, die religiösen Insignien aus ihrer kunstvollen Form wieder in den Rohzustand umzugießen.

Ich erinnere mich unter anderm eines goldnen Springbrunnens, der einen funkelnden Goldstrahl emporwarf, während goldne Vögel und goldne Eidechsen am Rand des aus Gold zauberisch nachgeahmten Wassers zu spielen schienen. Die Handwerker, die solcherart zerstören mußten, was sie selber mit Mühe und Liebe geschaffen, arbeiteten Tag und Nacht, aber die einzuschmelzende Menge war so groß, daß sie nach Verlauf eines Monats noch immer nicht fertig waren.

Indessen war aus San Miguele am Meer Don Almagro, der langjährige Gefährte und Freund des Generals, mit seinen Leuten eingetroffen. Die verlangten, daß wir den Schatz mit ihnen teilen sollten, und zwar in so herausfordernder Weise, als ob wir ihre Fröner wären. Zank und Hader brach in hellen Flammen aus; die Straßen, die Höfe, die Wohnungen und Zelte waren von Geschrei und Waffengeklirr erfüllt, und Neid und Habgier vergifteten alle Gemüter bis in den Schlaf der Nächte.

In der Abendstunde trat Atahuallpa aus der Halle seines Gefängnisses und blickte mit umflorten Augen über den Platz. Ich stand an der Treppenstufe, ganz nahe bei ihm. Er trug einen Mantel aus Fledermaushäuten, der so weich und glatt wie Seide war, und um den Kopf das Llautu, einen Schal von feinstem Gewebe und vielfach glänzender Farbe.

Da gerieten zwei Soldaten, einer von unserer Partei, einer von Almagros Leuten, wegen einer goldnen Schildkröte, die jeder von beiden haben wollte und die sie dem Schmelzfeuer zu entziehen wünschten, in erbitterten Streit. Alsbald standen sie einander mit bloßen Schwertern gegenüber, ein paar Hiebe, ein Aufschrei, und der von unserer Partei, Jacopo Cuellar mit Namen, sank zu Boden und hielt, im Todeskampf noch, die goldne Schildkröte in der Faust und wehrte sich, im Todesdunkel schon, gegen die raubgierigen Arme des anderen, die sich danach streckten. Den riß ich zurück.

Magisch zog es den Inka hin. Die Wachen umringten ihn mißtrauisch, aber er achtete ihrer nicht. Während er auf den Leichnam niederschaute, verdunkelte sich sein Blick und hatte einen Ausdruck, als begehre er, die Brustwand des Toten möge zu Glas werden, damit er hineinschauen, damit er erforschen könne, aus welchem Stoff die unbegreiflich fremde Seele war. Ich merkte ihm an, daß ihn das Entsetzen schier erstickte, und als er die Augen zu den wenigen Dienern kehrte, die ihm gefolgt waren, sagte er zu ihnen mit leiser, gebrochener Stimme, indem er auf den regungslosen Körper deutete: „Seht nur, die goldne Schildkröte trinkt Blut."

So viel hatte ich nun schon von seiner Sprache erlernt, daß ich die kindlich-schaurigen Worte verstehen konnte.

Endlich kam der Tag, wo er vom General seine Freiheit forderte, konnte er doch darauf verweisen, daß er die gestellten Bedingungen erfüllt hatte. Ja, er forderte die Freiheit, obgleich er fühlte, daß man sie ihm vorenthalten würde, obgleich eine noch schwärzere Furcht in ihm keimte.

Hernando de Soto, der immer mehr das Vertrauen des Gefangenen gewonnen hatte und ihm viele kleine Dienste und Gefälligkeiten erwies, war sein Mittler beim General. Pizarro hörte ihn an, verweigerte jedoch eine bestimmte Antwort. Nach einigen Stunden ließ er dem Inka durch den Schatzmeister Riquelme, der mit Don Almagro zu uns gekommen war, mitteilen, das Lösegeld sei nicht völlig bezahlt worden, der Raum nicht bis zum roten Strich gefüllt gewesen.

Darüber erstaunte Atahuallpa und wandte ein, was ja auch richtig war, es sei nicht seine Schuld, daß das volle Maß nicht erreicht worden war; hätte man nur drei Tage länger gewartet, so wäre alles verlangte Gold dagewesen; im übrigen sei es ein leichtes, das fehlende nachträglich zu liefern.

Der General zuckte die Achseln und sagte, darauf gehe er nicht ein. Er wußte warum; kamen doch noch immer Sendungen aus den Städten, die vor der Stadt aufgehalten wurden. Er ließ eine Schrift abfassen und im Lager öffentlich bekanntmachen, nach welcher er den Inka zwar von jeder weiteren Verpflichtung, Lösegeld zu zahlen, freisprach, zugleich aber erklärte, seine und seines Heeres Sicherheit erheische es, daß Atahuallpa so lange in Gefangenschaft verbleibe, bis aus Panama Verstärkungen eingetroffen seien.

Als de Soto von dieser hinterlistigen Umgehung des Vertrags hörte und außerdem das Manifest gelesen hatte, suchte er den General auf und hatte eine heftige Auseinandersetzung mit ihm. Der General sagte, er habe genaue Nachrichten über die Ränke und Zettelungen Atahuallpas, und die Soldaten, insbesondere Almagros Leute, verlangten seinen Tod.

De Soto war betroffen. Er beteuerte die Lügenhaftigkeit der Gerüchte und nannte die Leute Almagros eine Horde von Halsabschneidern und Wegelagerern. Sich dem unablässigen Zureden de Sotos mit scheinbarer Gutmütigkeit fügend, entschloß sich der General, mit ihm zum Inka zu gehen und ihm Aug' in Auge zu eröffnen, wessen man ihn beschuldigte. Von seinem Gesicht könne man dann ablesen, ob die Anklage auf Wahrheit beruhe oder nicht, meinte de Soto, denn zur Verstellung sei er ganz und gar unfähig.

Von de Soto begleitet, trat er in das Gemach Atahuallpas, es war um die fünfte Stunde nachmittags, und wiederholte ihm das beunruhigende Gerede. „Welch ein Verrat ist es, den du geschmiedet hast", sagte er finster, „gegen mich, der dir vertraut hat wie ein Bruder?"

De Soto hatte mich im Vorüberschreiten aus der Eingangshalle herzugewinkt, und ich stand hinter dem General, dem Inka gegenüber.

„Du scherzest", erwiderte Atahuallpa, der vielleicht die Wirkung dieses Vertrauens nicht spürte, noch je gespürt hatte, „du scherzest fortwährend mit mir. Wie könnte ich und mein Volk daran denken, euch zu schaden? Wie können Adler, seien sie auch noch so kühn, daran denken, wider Blitz und Erdbeben aufzustehen? Scherze nicht auf solche Weise mit mir, ich bitte dich."

Er sagte dies vollkommen ruhig und natürlich, indem er dabei ein wenig lächelte, was Pizarro für einen Beweis seiner Tücke hielt; er sagte es in unserer Sprache, die er in seiner monatelangen Haft und im Verkehr mit de Soto und mir und andern Rittern besser zu sprechen wußte als ich oder irgendeiner von den Unsern die seine.

„Bin ich nicht ein wehrloser Mensch in deiner Hand?" fuhr er mit seiner leisen Stimme fort; „wie könnte ich die Absichten nähren, die du mir zuschreibst, da ich ja bei ihrer Verwirklichung das erste Opfer wäre? Du kennst mein Volk schlecht, wenn du glaubst, daß ein Aufstand ohne meinen Befehl stattfinden kann, da doch selbst die Vögel in meinem Land nicht wagen würden, ohne meinen Willen zu fliegen."

Dieses Bild von eigentümlich tragischer Prahlerei in seiner gegenwärtigen Lage stimmte uns unwillkürlich zum Spott, indes seine Edlen schweigend auf die Knie fielen. So bestätigte sich abermals meine Wahrnehmung, daß ihm von seinen Vasallen eine höhere Huldigung gezollt wurde als sonst einem Herrscher der Erde; seine Macht erstreckte sich auf das verborgenste Tun, ja auf die Gedanken eines jeden. Alle Gesetze des Lebens mußten ihm aufgehoben erscheinen, alle Gesetze der Natur und das Maß aller Dinge zerstört, da er sich einer Schar von Fremdlingen, von bösen Schattenwesen, die wir vor ihm waren, auf Gnade und Ungnade preisgegeben sah, er, ohne dessen Willen kein Vogel in seinem Reich zu fliegen wagte.

Der General gab ihm zu verstehen, daß man über sein Schicksal beraten werde, und verließ das Zimmer.

In der Nacht erhielt Hernando de Soto den Auftrag, mit fünfzig Reitern einen Streifzug ins Gebirge zu unternehmen. Da war kein Zweifel, es war darauf abgesehen, ihn während der nächsten Tage aus Caxamalca zu entfernen. Aber dem Befehl widersetzen durfte er sich nicht. So ritt er an der Spitze seiner Leute voll trüber Ahnungen fort.

Nun will ich in aller Kürze erzählen, wie das Todesurteil über den Inka zustande kam.

Um die neunte Morgenstunde berief der General den Don Almagro, den Don Riquelme, den Andrea della Torre und den Alonso de Molina zur Beratung in das Haus des Inka. Dieser saß, von seinen Edlen und Frauen und im weiteren Kreis von den Wachen umgeben, schweigend in der Vorhalle.

Um die zehnte Stunde erschien Alonso de Molina in der Halle und rief ihn ins Haus. Dieselben Männer, die darüber beraten hatten, ob man eine Anklage überhaupt erheben könne, waren gleich darauf als Gerichtshof zusammengetreten. Ein gewisser Anton de Carrion, ein entlaufener Student, wurde zum Verteidiger bestellt.

Hauptbelastungszeuge war Felipillo, dessen Aussagen protokolliert wurden, ohne daß man sich die Mühe nahm, sie auf ihre Wahrheit zu untersuchen. Der General ließ ihn auf das Kruzifix schwören, und er schwor.

Atahuallpa stand vor dem Tribunal wie eine Statue aus Bronze und verschmähte es, sich zu rechtfertigen. Die durch Felipillos fälschende Verdolmetschung hindurchgegangenen Zeugenaussagen der Peruaner schienen zu bestätigen, was die Richter bestätigt haben wollten. Atahuallpa wurde schuldig befunden, und der Spruch lautete dahin, daß er noch am selben Abend auf dem großen Platz in Caxamalca bei lebendigem Leib verbrannt werden sollte.

Welch verdächtige Eile, zu der sich der General getrieben fühlte; vor allem fürchtete er die Rückkehr Hernandos de Soto; weshalb, ist mir eigentlich nie recht klar geworden. De Soto war ein starker und redlicher Charakter, auch gehörte er einer einflußreichen und mächtigen Familie an. Was hatte aber Francesco Pizarro zu fürchten, außer Mißlingen und Tod?

Auf meine unbedeutende Person Rücksicht zu nehmen, hatte er keinen Grund, obwohl ihm meine Gesinnung in dieser Angelegenheit bekannt sein mußte; ich heuchelte ihm gegenüber nicht wie seine Schönredner und vermochte nicht jede seiner Handlungen zu bewundern. Ich war meiner ganzen Natur nach zum schweigenden Zuschauer bestimmt: ich bin ein Stotterer; ich bin es auch innen; damals war mir das Wort noch weniger gegeben als heute, und was ich sah und empfand, rann erst durch viele Kanäle, bevor es in mein Bewußtsein und in das Licht des Herzens trat.

Es war wünschenswert, die ausdrückliche Billigung des Pater Valverde zu dem Verfahren wider den Inka zu erlangen. Dem Mönch wurde eine Abschrift des Urteils vorgelegt, damit er es unterzeichne. Ich war zugegen, als er es las. Sein Blick flog unsicher über die Seiten, er setzte seinen Namen unter das Dokument, neben die drei Kreuze, die der General gemacht hatte, und sagte mit finsterer Ruhe: „Er möge sterben."

Seit diesem Tag sind dreißig Jahre an mir vorübergezogen, und man sollte meinen, daß das Bild verblaßt sei. Dem ist aber nicht so. Im Gegenteil, jede Gestalt und jede Farbe steht noch mit derselben Deutlichkeit vor mir, jedes Wort haftet noch mit derselben Schärfe in meinem Gedächtnis. Was verschlägt es, dreißig Jahre? Und wenn es dreihundert, und wenn es dreitausend sein werden, die ihren Staub und Moder darübergeschüttet haben, das Gedächtnis der Menschheit wird so unerbittlich sein wie meines. Des bin ich sicher in meiner Einsamkeit.

Atahuallpa ging aus dem Saal, aber kurz nachher ließ er den General bitten, er möge die Hinrichtung bis zum folgenden Morgen verschieben, da er im Angesicht der Sonne sterben wolle. Don Almagro und einige andere erhoben Einspruch dagegen, aber der General gewährte die Bitte des Fürsten. Zugleich traf er allerlei Vorkehrungen gegen einen Angriff der Peruaner, die vielleicht im letzten Augenblick noch versuchen würden; ihren König zu retten. Man hatte seit einigen Tagen eine auffallende Bewegung auf den Landstraßen und in den Bergtälern bemerkt. Die Wachen wurden infolgedessen verstärkt und die Feldgeschütze geladen.

Es gab außer mir noch einige andere Männer im Lager, die sich dem Todesurteil widersetzten, und nicht bloß stumm wie ich. Sie verwarfen die urkundlich festgestellten Beweise als unzulänglich oder willkürlich und leugneten die Befugnis, ein solches Gericht über einen regierenden Fürsten inmitten seiner eigenen Staaten zu halten. Doch mit ihren Argumenten regten sie die große Mehrheit nur zum Zorn auf, und abermals entstand Hader, abermals widerhallten Platz und Straßen von tobendem Geschrei und Waffengerassel.

Der Inka erkundigte sich bei mir, was der Lärm bedeute. Ich hatte nicht den Mut, ihm die Wahrheit zu gestehen. Mit Ketten an den Füßen kauerte er in der Mitte des Raums. Seit der Verkündigung des Urteils hatte man für nötig befunden, ihn auf so schimpfliche Weise zu fesseln. Rings saßen schattenstill seine Getreuen. Er war sichtlich in Unruhe und hob bisweilen den Kopf, als wolle er Ausschau halten. Am späten Nachmittag traf ein Bote ein, flüsterte etwas, warf sich auf die Erde nieder und blieb regungslos liegen. Nach einer Stunde erschien ein zweiter, nach einer weiteren Stunde ein dritter. Sie mußten einen Auftrag gehabt haben, dessen Vollziehung dem Inka sehr am Herzen lag, denn jedesmal, wenn er die geflüsterte Meldung vernommen, wurde seine Miene heller und wich die Unruhe von seinem Wesen.

Er erwartete die Ankunft seiner Ahnen. Das war auch die Ursache der Bewegung, die wir seit mehreren Tagen unter den Peruanern wahrgenommen hatten. In der Voraussicht und im deutlichen Vorgefühl seines Schicksals hatte Atahuallpa schon vor vielen Tagen nach dem großen Tempel der Sonne in Cuzco geschickt, damit seine toten Ahnen zu ihm kämen, da er nicht zu ihnen kommen und das Totenmahl halten konnte, wie es jeder Inka tat, der sein Ende nahen fühlte. Für sie wurden die Wege gereinigt, zu ihrem Empfang bereitete sich draußen in der Landschaft das Volk.

Um die sechste Stunde äußerte Atahuallpa das Verlangen, den General zu sprechen.

Pizarro kam, gefolgt von seinem Bruder Pedro und dem finsteren Don Almagro.

Eine Zeitlang blickte Atahuallpa verloren vor sich hin; plötzlich erhob er sich und rief: „Was habe ich getan, was haben meine Kinder getan, daß mich ein solches Los treffen soll, und noch dazu aus deinen Händen? Hast du denn vergessen, wie du von meinem Volk mit Güte und Zutraulichkeit behandelt worden bist? Und ich, habe ich dir nicht Freundschaft genug erwiesen?"

Der General schwieg.

Und nun geschah es, daß Atahuallpa, dieser Stolze aller Stolzen, die Hände faltete und um sein Leben bat. Mit ganz leiser Stimme, die Lippen ein wenig vorgewölbt, das Haupt ein wenig gebeugt, mit Augen ohne Glanz. Ich weiß nicht mehr die Worte, vor mir steht unverwischbar, unvergeßbar nur sein Bild. Von vielen ist behauptet worden, Francesco Pizarro sei so erschüttert gewesen, daß er geweint habe. Ich selbst, sagt sein Bruder Pedro in einer Schrift, sah den General weinen.

Was mich betrifft, ich sah nichts davon. Auch fand der Inka kein Gehör bei ihm. Wenn einer erschüttert ist und weint, so müßte er wohl seines Irrtums inne werden, sollte man denken. Aber ich sah nichts davon.

Da Atahuallpa erkannt, daß er den General in seinem Entschluß nicht wankend machen konnte, ergriff ihn eine ratlose Scham über die Selbsterniedrigung, zu der er sich hatte hinreißen lassen. Er schlug kreuzweis die Hände über die Brust und verharrte in tiefem Sinnen.

Als eine geraume Zeit in diesem beklemmenden Schweigen verstrichen war, wandte sich Atahuallpa plötzlich zu mir und sagte in seinem gebrochenen Spanisch, daß er von der wunderbaren Kunst des Schreibens vernommen habe, auf die wir uns verstünden, und daß er gern eine Probe davon sehen möchte.

Ich erkundigte mich, wie er das meine; da sagte er, ich solle ihm ein bestimmtes Wort auf den Nagel seines Daumens schreiben, dann sollten meine Gefährten es lesen und ihm so leise mitteilen, daß nur er allein es hören könne, welches Wort ich geschrieben. Wenn alle dasselbe Wort aussprächen, wolle er nicht länger zweifeln, daß wir mit dieser Kunst wirklich begabt seien.

Ich wußte nicht gleich, wie ich sein Begehren erfüllen sollte, für das Anlaß und Stunde seltsam gewählt waren. Aber meine Unschlüssigkeit dauerte nicht lange. Ich nestelte eine Agraffe von meinem Gewand, ritzte mich mit der Nadel in den Handrücken und schrieb, mit einiger Mühe zwar, doch immerhin leserlich, auf den Nagel des Inka das Wort Crux. Sodann forderte ich die Ritter auf, heranzutreten. Sie gehorchten teils murrend, teils lachend, und nachdem sie das Wort gelesen, flüsterten sie Atahuallpa leise ins Ohr: Crux. Er war darüber höchst erstaunt, und da alle ohne zu stocken dasselbe Wort nannten, war ihm die geheimnisvolle Macht der Schrift versinnlicht.

Nur der General hatte sich nicht von seinem Platz gerührt. Francesco Pizarro konnte weder schreiben noch lesen. Obwohl dies vielen unter uns bekannt war, wurmte es ihn, daß er nun vor seinen Offizieren und außerdem vor dem Inka bloßgestellt war, und er schaute düster vor sich hin. Atahuallpa begriff den Zusammenhang, und mit bewundernswertem Zartgefühl war er bestrebt, den begangenen Fehler wieder gutzumachen, indem er lächelnd zu dem General sagte: „Sicherlich hast du schon vorher gewußt, was geschrieben steht. Crux steht geschrieben. Du, ein Gott unter deinen Landsleuten, hattest nicht nötig, dich erst mit deinen Augen zu überzeugen."

„Ich bin kein Gott. Was weißt du Heide von Gott!" warf Pizarro verächtlich grollend hin.

„Von eurem Gott weiß ich wenig, von meinem weiß ich viel", war die sanfte Erwiderung. „Euern Gott kann man nicht sehen, der meine wandelt über den Himmel und grüßt seine Kinder täglich."

Kopfschüttelnd und fast mitleidigen Tons entgegnete der General: „Nur Einen Gott, Unseliger, gibt es, und es wäre gut für dich, wenn du dein Gebet an ihn richten wolltest."

„Wie kannst du mit solcher Bestimmtheit sagen, daß dein Gott der wirkliche und einzige Gott ist?" fragte der Inka mit hoheitsvoller Ruhe, „und wie soll ich an ihn glauben, da er es doch zuläßt, daß ihr, die ihr stets von seiner Liebe und Barmherzigkeit redet, unschuldige Menschen mordet?"

Der General schwieg und wandte sich ab.

Es war eine Stunde vor Mitternacht, als der Ritter Garcia de Jerez in mein Zimmer trat und mir die Meldung machte, in der großen Halle bereite sich etwas Ungewöhnliches vor, und man müsse auf der Hut sein. Er wußte nicht recht, weshalb er mich warnen zu sollen glaubte; es war nur allgemeine Furcht oder Befangenheit, denn als ich ihn ausforschte, konnte er mir bloß sagen, der Inka sitze ganz allein an einer langen Tafel, an welcher vierundzwanzig leere Plätze seien.

Ich hatte mich den Tag über krank gefühlt und war zeitig zur Ruhe gegangen; nun stand ich auf, kleidete mich rasch an und ging hinaus.

Auf dem Platz brannten Pechpfannen, in deren düsterm Schein eine Anzahl unserer Leute den Scheiterhaufen errichteten. Die große Halle war von Fackeln erleuchtet, und ich sah wirklich, wie es Garcia geschildert hatte, den Inka in der Mitte einer dort aufgestellten Tafel sitzen, vollkommen unbeweglich, und rechts und links von ihm je zwölf goldne Teller. Hinter jedem der dadurch angedeuteten Plätze und auch hinter dem Stuhl des Inka stand ein Diener, der eine mit Speisen besetzte Schüssel trug, fünfundzwanzig an der Zahl, vollkommen unbeweglich, und hinter den Dienern wieder standen in derselben Starrheit, im selben Schweigen die Edelleute und jungen Frauen Atahuallpas.

Es war ein Anblick, auf den ich nicht gefaßt gewesen war. Man liest zuweilen in Märchen, daß eine ganze Versammlung von Menschen durch das Wort eines bösen Zauberers in Stein verwandelt wird; daran gemahnte mich das Bild, das ich vor mir sah. Dazu die unheimliche Stunde, der unheimliche Ort; Garcia und ich schauten uns betroffen an.

Inzwischen war Cristoval de Perralta, der den Befehl über die Wachen in der Stadt hatte und die sonderbare Veranstaltung des gefangenen Fürsten ebenfalls bemerkt hatte, zum General gegangen, um ihm Bericht zu geben. Pizarro hatte einige seiner Freunde zu einem Gastmahl geladen, und Cristoval fand sie beim Wein und in lärmender Munterkeit. Seine Erzählung wurde mit groben Scherzen aufgenommen, aber dann sagte der General, dessen Wachsamkeit nie schlummerte, man müsse hinübergehen und sehen, was es mit dem geschilderten Schauspiel für eine Bewandtnis habe.

Er brach auf, und es begleiteten ihn seine beiden Brüder, Don Almagro, Don Riquelme, della Torre, Alonso de Molina und Cristoval de Perralta. Von der andern Seite des Platzes kam fast zu gleicher Zeit langsam und in seinem Brevier lesend der Pater Valverde und blieb, während das Folgende geschah, wie ein stummer Wächter und Mahner zwischen dem Scheiterhaufen und den Treppenstufen der Säulenhalle stehen.

Die Ritter, zu denen auch Garcia und ich uns gesellt hatten, waren auf einer Seite der Halle zusammengedrängt, und ich glaube, daß selbst die Herzhaftesten einen Schauer verspürten, als sie die völlig versteinerten Peruaner erblickten.

Plötzlich erhob Atahuallpa die Augenlider und schien uns damit erst zu gewahren. Sein Blick war wie ein heißer Strahl, ich mußte die Augen in andere Richtung lenken, und sie blieben auf den geröteten fleischigen Ohren des Generals haften, der sich dicht vor mir befand. Atahuallpa stand auf, und in seinem Ebenmaß und seiner stolzen Würde war er unbeschreiblich schön anzusehen; das rote Licht der Fackeln umzuckte sein bräunliches Gesicht, und das scharlachne Kleid, das die schlanke Gestalt umschloß, verlieh der Erscheinung etwas Glühendes.

„Ihr Männer, sagt mir doch, wo kommt ihr her?" begann er leise und mit grüblerischem Ausdruck; „was ist es für ein Land, in dem eure Heimat ist? Sagt mir doch, wie es beschaffen ist und wie ihr es anstellt, darin zu leben: ohne Sonne?"

„Wie denn, ohne Sonne?" fragte Andrea della Torre verwundert; „meinst du denn, daß bei uns ewige Finsternis herrscht?"

„So muß ich annehmen, da ihr der Sonne den Krieg erklärt habt", antwortete Atahuallpa.

„Du und die Sonne, ihr seid also eins?" rief Don Almagro spottend.

„Seit vielen tausend Jahren", nickte der Inka; „meine Ahnen und ich, seit die Kornfrucht in diesem Lande wächst."

Es entstand eine Stille, in welcher wir den Pater Valverde draußen beten hörten.

„Meine Ahnen werden kommen", sagte Atahuallpa geheimnisvoll; „die nicht zu Staub zerfallen sind, werden kommen und mich begrüßen."

Alle schauten ihn erstaunt an.

„Aber ihr antwortet mir nicht", begann er wieder und blickte rundum; „warum schweigt ihr auf meine Frage? Scheint denn bei euch dieselbe Sonne? Ihr müßt euch täuschen, es muß eine andre sein. Ist sie denn nicht erzürnt, wenn ihr die Kleinodien zerstört, die der Fleiß eurer Handwerker geschaffen hat? Verfinstert sie sich nicht, wenn ihr die geheiligten Frauen anrührt? Was habt ihr für Gesetze, was habt ihr für Bräuche? Gibt es Gestalten bei euch, die unberührbar sind? Kennt ihr denn das Unberührbare, da eure Hand doch vor nichts zurückschreckt und alles berührt?"

Er streckte beide Hände mit an den Leib gedrückten Oberarmen flach aus wie zwei Schalen, als wolle er die Antwort darin empfangen. Aber es kam keine Antwort. Es war ein so atemloses Schweigen eingetreten, daß es beinahe gespenstig wirkte.

„Ich wollte ergründen, was euch so stark macht", fuhr er sinnend und mit gesenkter Stirn fort, „und ich glaube, ich habe es ergründet. Es muß das Gold sein. Das Gold verleiht euch den Mut, alle Dinge zu berühren und euch alle Dinge anzueignen. Und indem ihr die Dinge gewinnt, zerstört ihr jedes Dinges Form. Das Gold verwandelt eure Seele, das Gold ist euer Gott, euer Erlöser, wie ihr es nennt, und wer ein Stück davon besitzt, der ist gefeit, der meint die Sonne zu besitzen, weil er eine andere Sonne nicht kennt. Ich verstehe es nun genau, und ihr dauert mich, ihr Sonnenlosen."

Der General drehte sich zornig um; Don Almagro erhob drohend den Arm; die Ritter murmelten unwillig. Draußen befahl Pater Valverde den Soldaten, daß sie den Scheiterhaufen anzünden sollten. Da geschah es, was zeit meiner Tage nicht mehr aus meinem Innern weichen wird, das grausig Geisterhafte.

Am östlichen Himmel zeigte sich eben die erste matte Röte, da sahen wir einen ausgedehnten Zug von Peruanern von der Landstraße nach Caxamalca schreiten und sich dem großen Platz nähern. Inmitten des Zugs und über ihn erhoben gewahrten wir vierundzwanzig regungslose Gestalten auf ebenso vielen Stühlen, und jeder der Stühle, die, wie wir bald erkannten, aus Gold waren gleich dem Inkathron, wurde von acht Kriegern gleich dem Inkathron auf den Schultern getragen. Und jede der Gestalten war in die allerkostbarsten Gewänder gehüllt, und es waren zwölf Männer und zwölf Frauen, lauter Tote.

Sie kamen aus den Grabstätten, wo die einen seit einem Menschenalter, die andern länger, jahrhundertelang, geruht hatten, die Vorfahren Atahuallpas.

Die Männer waren mit der Borla und den Coraquenquefedern geschmückt, die Frauen hatten sternbestickte weiße Schleier, die sie von den Hüften abwärts umhüllten.

Als der feierliche und fast lautlose Zug bis dicht an die drei Treppenstufen der Vorhalle gelangt war, lösten sich die Träger der Toten von ihm los, schritten mit den Thronen in die Halle und an die Tafel und stellten sie an die vorbereiteten Plätze, die Männer zur Rechten des Inka, die Frauen zur Linken.

Am oberen Ende der Tafel aber stellten sie eine ungeheure goldne Sonne auf, die im Feuer der Fackeln und Pechpfannen und im schon beginnenden Brand des riesigen Scheiterhaufens einen verwirrenden Glanz verbreitete.

Atahuallpa begann nun von den Speisen zu essen, zum Scheine nur, und jeder Mumie wurde eine Speise auf den goldnen Teller gelegt, auch dies zum Schein. In ihrem fürstlichen Staat, die Köpfe ein wenig gesenkt, die Haare von rabenschwarzer oder silberweißer Farbe, je nach dem Alter, in dem sie gestorben waren, machten die Leichname einen täuschenden Eindruck des Lebens, der durch die grelle Beleuchtung der vielfachen Flammen und alsbald auch durch das Licht der höher steigenden Morgenröte verstärkt wurde.

Zuerst zeigten die Gesichter meiner Gefährten eine schauerliche Ehrfurcht, aber der Anblick der goldnen Throne und goldnen Kleider, der Juwelen und Spangen und vor allem der goldnen Sonne erweckten in ihren Gemütern die unverlöschliche Begierde neu, den nie zu stillenden Hunger, und trieb ihn bis ins Glutfieber hinein, denn eine solche Ansammlung von Schätzen ging über ihre Fassung und raubte ihnen die Vernunft. Die Wachen strömten herbei, die Soldaten strömten herbei, Lust und Grauen in den Augen, Gier und Furcht; ich selbst fühlte noch ein Aufflackern des wesenlos quälenden Verlangens, dann aber zersprengte mir dies gräßliche Zweierlei, Wollust und Grauen, Gier und Furcht, Anblick des Goldes und Anblick des Todes das Bewußtsein.

Ich sah noch, wie sich ein Teil der Soldaten auf die goldnen Throne stürzte und von den Rittern zurückgerissen wurde, sah noch, wie der Inka sich vor seinen Ahnen tief verneigte und die Edlen seinem Beispiel folgten und wie er dann im Erfunkeln des ersten Sonnenstrahls nach einem leidvoll-erstaunten Blick auf die Stätte des Kampfes mit heiterem Lächeln zum Richtplatz schritt; hörte noch die dumpfen Ermahnungen des Mönchs und die verloren hingeleierten Credos der um den Scheiterhaufen versammelten Ritter, dann umfing mich eine wohltätige Dunkelheit, die erst nach vielen Tagen meine Sinne wieder verließ.

Aber zur Einkehr und demütigen Betrachtung der menschlichen Dinge dauerte es noch lange. Was noch an Jammer und Niedersturz an meinem Auge vorübergezogen ist und an welchen unguten Taten ich fernerhin mit widerstrebendem Geist noch teilnahm, fühle ich mich zu berichten nicht versucht.

Verfinstert sein und nach der Helligkeit lechzen, ist ein Zustand der Seele, der sie peinigt, aber auch zum Fließen bringt. Zwischen Ahnung und Wissen gibt es einen Weiser, zwischen Trägheit und Sehnsucht einen Ruf.

Als ich einst über die Trümmer einer verkohlten Stadt wanderte und in die gebrochenen Augen von Menschenbrüdern blickte, befahl mir eine Stimme zu schweigen und zu warten.

Als ich ein anderes Mal im Gebirge der Kordilleren auf eine Schar von sterbenden Kindern stieß, die der Hunger und die Angst aus den verödeten Dörfern hinaus in das wüste Pajonal getrieben hatte, weinte ich über das, was der Mensch ist und was er versäumt zu sein.

Ich sah den Tod in jeglicher Gestalt, die er auf Erden annimmt; ich sah die Freunde hingehn und die Führer fallen und die Völker enden und die Unbeständigkeit jedes Glücks und den Betrug jeder Hoffnung und schmeckte den bittern Bodensatz in jedem Trunk und das heimliche Gift in jeder Speise und litt an der Zwietracht der Gemeinden und an der Torheit selbst der Erleuchteten und an dem grausam gleichmütigen Rollen der Zeit über diese schmerzbeladene Erde und erkannte die Nichtigkeit alles Habens und die Ewigkeit alles Seins, und mich erfüllte das Verlangen nach einem besseren Stern, den die herrliche Sonne reiner durchglüht und edler beseelt hat.

Dieser, auf dem ich lebe, ist vielleicht von Gott verstoßen.

# Witberg

# 1

Der Zar Alexander der Erste konnte im Innersten sei- ner Seele nie recht an seinen Sieg über Napoleon glauben. Vielleicht war es die Furcht, vielleicht die Bewunderung, die ihm der Riese eingeflößt, durch welche er verhindert wurde, das, was sein Arm vollbracht hatte, anders denn als Wunder und unverdientes Geschenk Gottes zu betrachten. Er versank in schwermütige Grü- beleien und träumte bald schaudernd, bald andächtig dem Lauf des Schicksals nach. Er kam sich vor wie ein Mann, der ausgegangen ist, ei- nen Bergsturz aufzuhalten, ohne recht gewußt zu haben, was er unternehmen wollte. Das Unfaßliche war gelun- gen, und nun verlor er sich in Staunen und übersinnliche Gedanken.

Es drängte ihn, seinen frommen Gefühlen in einem sichtbaren Denkmal Ausdruck zu verlei- hen, und er erließ ein Manifest, in welchem er verkündete, er wolle dem Er- löser in Moskau einen gewaltigen Tempel erbauen, dessen- gleichen die Christenheit noch nicht besaß. Der beste Ent- wurf sollte mit einem Preis von zwanzigtausend Rubeln belohnt werden.

Der Aufruf zog weiten Kreis, aber es dauerte viele Wo- chen, bis sich der Zar mit den hunderten, nicht nur aus Rußland, sondern aus ganz Europa eingelaufenen Plänen zu beschäftigen begann.

Damals lebte in Petersburg ein dreiundzwanzigjähriger Student mit Namen Alexander Witberg. Er war von schwe- discher Abkunft, aber in Rußland geboren. Seine Erziehung hatte er im Kadettenkorps der Bergbau-Ingenieure erhalten. Er gefiel sich nicht in diesem Beruf, konn- te aber zu keiner Klarheit gelangen, wohin es ihn eigentlich trieb. Er suchte. Er suchte sich selbst. Er durchforschte gleich- sam sein Inneres nach dem fruchtbaren Kern. Da er jedoch gänzlich mittellos war, mußte er acht haben, daß er mit der vorgeschriebenen Bahn nicht auch das Brot verlor.

Eines Tages kam ihm das kaiserliche Manifest vor Au- gen. Es traf ihn wie ein Blitzstrahl. Sein ganzes Wesen war erschüttert, und er begann unablässig darüber nach- zudenken. Er hörte auf, seine Studien zu betreiben und irrte Tag und Nacht durch die Straßen der Stadt, von einer einzigen Idee besessen. Zuletzt schloß er sich in seinem Zimmer ein und fing an zu arbeiten. Er zog keinen Men- schen ins Vertrauen, es war, als gehorche er einem höheren Befehl.

Nach Monaten unausgesetzter Arbeit reiste er unter großen Schwierigkeiten und Entbehrun- gen nach Moskau, um die Stadt, die Landschaft, das Terrain genau kennenzu- lernen. Noch lagen die Häuser von dem Brand her in Schutt und Asche. Zurückgekehrt, schloß er sich von neuem von der Welt ab, und abermals nach Monaten vollendete er sei- nen Entwurf und schick- te ihn, zweiunddreißig minutiös ausgeführte Zeichnungen in einer Mappe, in den kaiserli- chen Palast.

Die Tage, die nun kamen, waren kaum zu ertragen, Tage der Verzweiflung und der qualvollen Erwartung. Das Herz ausgedörrt und hinverschwendet, die Sinne leer und kalt, das Auge ohne Bild. Jedes Erwachen war ein Sturz ins Hoffnungslose. Da erschien an einem Februarmorgen ein Leibjäger des Zaren in seiner armseligen Kammer. Er hatte den Auftrag, Witberg in den Winterpalast zu führen.

Witberg zitterte an allen Gliedern. Nur mit äußerster Anstrengung vermochte er dem Manne zu folgen.

## 3

Die Umstände, unter denen Witberg geschaffen hatte, seine Persönlichkeit und seine Geistesstimmung waren nicht weniger ungewöhnlich als die, die den Zaren zu seinem Manifest veranlaßt hatten. Durch den Krieg waren die Gemüter im tiefsten beunruhigt worden; noch lange nach der wunderbaren Befreiung Moskaus wirkte die Erre- gung des Volkes fort. Die Schlachten in Deutschland und Frankreich, die heilige Allianz, die nicht bloß ein seelenlo- ses Wort war in diesem Lande, die Entthronung des Impe- rators, der Schmerz um die Gefallenen, das Aufwachen zu einem europäischen Dasein, das Werden einer neuen Welt voll gefährlicher Drohungen und Lockungen, all das grub sich in die Phantasie der Menschen ein, und es hatte nur der Herausforderung des Zaren bedurft, um das mystische Genie Witbergs zu entzünden.

Nahe bei Moskau, zwischen den Wegen, die nach Mo- schajsk und Kaluga führen, liegt eine die Stadt beherr- schende Anhöhe, die Sperlingsberge genannt. Dort stand einst Iwan der Schreckliche und blickte weinend auf seine brennende Stadt, als der Priester Sylvester zu ihm trat und durch sein Wort den Unhold in einen Menschen verwan- delte, der bereute. Dort auch brach sich die Kraft und das Glück Napoleons; am Fuß der Sperlingsberge wendete sich sein Schicksal.

Der Berg sollte die Basis der Kathedrale sein: so war Witbergs Plan. Eine mächtige Säulenreihe sollte das Feld bis zum Fluß umschließen. Auf diesem von der Natur er- bauten Fundament sollten sich ein zweiter und ein dritter Tempel erheben, und die drei Tempel sollten eine Einheit bilden. Dreieinig und unteilbar war das Ganze gedacht.

Der unterste Tempel sollte in den Berg hineingesprengt und die Form eines Sarges, eines Leichnams haben. Sein Äußeres war nach den Zeichnungen ein erhabenes Portal, von ägyptischen Säulen getragen. Er verschwand gleich- sam im Berg, in der wilden, gestaltlosen Natur. Lampen auf hohen etruskischen Kandelabern sollten das Innere erleuchten, das Tageslicht warf aus dem zweiten Tempel oben nur einen schwachen Schein in die Halle, nachdem es ein durchsichtiges Gemälde passiert hatte, eine Darstel- lung von Christi Geburt. Es sollten in dieser Krypta alle im Krieg gefallenen Helden ruhen; ewige Seelenmessen sollten für sie abge- halten und der Name eines jeden, vom Feldherrn bis zum gemeinen Soldaten, in den Marmor ge- meißelt werden.

Über dem Sarg erstreckte sich nach vier Richtungen das griechische Kreuz des zweiten Tem- pels: Tempels der ausgestreckten Arme, des Lebens, des Leidens, des Tuns. Die Säulenreihe, die zu ihm führte, war mit den Statuen der großen Figuren des alten Testaments geschmückt; am Eingang standen die Propheten, vor dem Tempel, den Weg andeutend, den sie selbst nicht gehen durften. Im Innern war die Geschichte Christi und der Apostel dargestellt.

Darüber erhob sich als Krönung der dritte Tempel. Er hatte die Form einer Rotunde. Er war strahlend hell er- leuchtet, denn es war der Tempel des Geistes, der Ruhe, der Sammlung, der Ewigkeit. Bilder und Statuen fehlten hier, nur außen war er von einem Kranz von Erzengeln umgeben. Eine Kuppel, kühn wie die von Sankt Peter, bil- dete die Wölbung.

## 4

Es war in der Nacht, nach vielen erledigten Regierungs- geschäften, als der Kaiser, ermüdet schon vom Prüfen der zahllosen Zeichnungen und Pläne an den Tagen vorher, die Mappe auf- schlug, die die hundertvierzigste in der Reihe war. Von Minute zu Minute wurde seine Miene gespannter und erregter. Als er das letzte Blatt umgedreht hatte, rief er aus: „Das ist ungeheuer! Das ist wahnsinnig!"

Er öffnete den versiegelten Brief und las den Namen eines Unbekannten: Witberg.

Bild und Form und Gestalt des Ganzen wollten ihm nicht mehr aus dem Kopf. Es hatte ihn gepackt, eben weil es ungeheuer, weil es wahnsinnig war. Er fühlte die Ver- messenheit und die gigantische Kraft darin, und es lag nahe, zu denken, daß er durch einen solchen Bau seinem Namen Unsterblichkeit sicherte. Aber nicht bloß der Ruhm war es, der ihn verlockte, sondern noch etwas anderes: die Sehn- sucht nach Loskauf. Das Leben belastete ihn, alles Getane und Mißgetane, alles Vollbrachte und zu Vollbringende be- drückte ihn. Der Tag war wie eine Kette um seinen Fuß, die Nacht wie eine Mauer vor seinem Blick. Es verlangte ihn nach dem Ungeheuern, das entlastete.

Er konnte nicht schlafen. Wieder und wieder betrach- tete er die Blätter, die ihn so erschreck- ten und entzückten, und am Morgen zeigte er sie seinem Minister Araktsche- jeff. Der schüttel- te den Kopf, als er die Zeichnungen genau angesehen hatte, und sagte: „Der Berg kann diesen Tempel nicht tragen." Sein scharfes altes Gesicht versteinte in miß- trauischer Verwunderung, denn alles, wofür der Kaiser In- teresse faßte, Dinge und Menschen, erweckte ihm Furcht und Argwohn.

Das Wort machte den Kaiser stutzig. Er befragte meh- rere Sachverständige, die, vom Mi- nister vorbereitet, sich in derselben Weise äußerten: „Der Berg besteht aus Schwemmland und Lehmerde, er kann unmöglich den Tem- pel tragen."

Da befahl der Zar Witberg zu sich.

Über sein Gesicht glitt ein Ausdruck der Überraschung, als Witberg eintrat. Einen so jungen Menschen zu sehen, hatte er nicht erwartet. Fast wollte es ihn dünken, als betrüge man ihn. Das war die Hauptangst seines Lebens: be- trogen zu werden. Und Fürsten werden durch große Gaben bei sehr jungen Personen erschreckt.

Witberg war untersetzt und hatte hagere Züge. Die Au- gen waren hohl, aber in den Höhlen flammend wie die eines ekstatischen Mönchs. Die nordisch blonden Haare hin- gen in Strähnen über die Schultern, der Anzug war ärmlich, doch sauber. Vor der Majestät des Kaisers stehend, starb ihm der Laut in der Kehle und der Atem stockte. Dann ging es ihm durch den Sinn: auch er ist aus einer Mutter Leib geschlüpft, und dieser Gedanke flößte ihm Mut ein.

„Sie haben über alle Bewerber gesiegt, Alexander Kar- lowitsch," begann der Kaiser mit seiner leisen, ermüdeten Stimme; „ich will die Kirche nach Ihren Plänen bauen lassen."

Witberg stürzte auf die Knie, als hätte ihn ein Beil- hieb gefällt. Er bedeckte das Gesicht mit den Händen und suchte sein Schluchzen zu ersticken. Es war zu viel; es kam zu plötzlich.

Dem Kaiser war der Ausbruch nicht angenehm, obwohl ihn die Bewegung mitergriff. Er ahnte, was dahinter lag an Leidenschaft, an Hingebung, an Wille, aber das machte ihn zugleich unsicher, und während er auf den Kauernden niederschaute, schien sein mißtrauischer Blick zu fragen: was für ein Mensch bist du?

Der Mensch da war ihm fremd, beinahe grauenhaft fremd.

„Sie sind sehr jung, Alexander Karlowitsch," fuhr er vol- ler Zweifel fort, „wie wollen Sie ein solches Werk bewälti- gen? Dazu gehört Reife und Erfahrung, scheint mir."

Witberg erhob die Augen, und von seinem Blick ge- troffen, faßte der Kaiser auf einmal unerschütterliches Zu- trauen zu ihm, trotzdem ihm der Mensch so fremd blieb wie vorher. Aber er glaubte auf einmal an das Werk. „Es wird behauptet, der Berg kann den Tempel nicht tragen", sagte er zögernd.

Witberg stand auf, und tief atmend antwortete er: „Ich werde ihn dazu zwingen."

Der Zar runzelte die Stirn. „Zwingen? Den Berg zwin- gen? Wie denn?"

„Große Dinge können nur mit großen Mitteln ausge- führt werden, Euer Majestät. Ich werde die Mittel finden." Der Kaiser dachte lange nach, dann sagte er: „Ich will mich mit meinen Ministern beraten. Sie sollen bald Näheres hören."

Taumelnd verließ Witberg das Zimmer des Kaisers. Die Wachen schauten ihm verwundert nach.

# 6

Die oberflächlichste Berechnung ergab, daß der Bau der Kathedrale eine Summe von zwanzig Millionen Rubeln er- forderte. Die Ausgabe erregte das Bedenken der Minister, und sie stellten dem Kaiser vor, wie gewagt es sei, die Ent- würfe eines so jungen Künstlers ohne sorgfältige Über- prüfung durch anerkannte Meister des Fachs ausführen zu lassen, konnten sich doch seine Annahmen leicht als phantastisch oder willkürlich erweisen. Ihr ganzer Instinkt wehrte sich gegen das Projekt; es beunruhigte sie, die Auf- merksamkeit des Kaisers an eine Sache gefesselt zu wissen, von der man nicht voraussagen konnte, welche Gefahren sie für ihren eigenen Vorteil barg.

Aber der Zar achtete ihrer Einreden nicht. Er bewilligte die Summe für den Bau. Er er- nannte eine Kommission, die außer Witberg aus dem Generalgouverneur von Moskau, dem Metropoliten Philaret und dem Senator Kukuschkin bestand. Zweimal wöchentlich sollte die Kommission zu- sammentreten, um die nötigen Beschlüsse zu fassen. Der Kaiser berief Witberg zu einer zweiten Audienz, zeigte sich ungemein huldvoll gegen ihn, und am andern Tag reiste Witberg nach Moskau ab, erfüllt von heißer Ungeduld, das Werk zu beginnen.

Was waren aber das für sonderbare Schwierigkeiten, die sich ihm gleich zu Anfang in den Weg stellten. Der Tag der ersten Kommissionssitzung wurde bestimmt; keines der Mitglieder erschien. Der Termin wurde verschoben; der Gouverneur ließ sich entschuldigen: er müsse dem Verlobungsfest seiner Tochter beiwohnen. Das nächste Mal hatte der Senator Kukuschkin eine Spielpartie; ein ander- mal war der Metropolit durch Amtsgeschäfte verhindert. Dann wieder vergaßen sie einfach zu kommen, trotzdem sie es feierlich versprochen hatten. Kamen sie aber, so dau- erte es geraume Zeit, bis sie sich des Zwecks erinnerten, der sie hergeführt, schwatzten über ihre Privatangelegen- heiten und behandelten Witberg, wenn nicht als lästigen Störenfried, so doch mit nachsichtiger Herablassung.

Dies empörte Witberg, war ihm ja jede Stunde kostbar, und außerdem fühlte er sich dem Kaiser gegenüber höchst verantwortlich. Er begegnete den ergrauten Würdenträgern, denen er durch das Machtwort des Zaren gleichgeordnet war, zuerst mit schüchternem Respekt, als er aber die Erfahrung machte, daß sie die Aufgabe, zu der sie bestellt waren, nicht einmal ernst nahmen, ja, daß sie in ungreifbarer und unbe- greiflicher Tücke wie auf geheime Verabredung ihm lauter Hindernisse auftürmten und Fallstricke legten, änderte er sein Benehmen völlig und erregte durch seine Entschieden- heit und fordernde Energie ihren Unwillen. Zu offenen Feind- seligkeiten wagten sie sich noch nicht vor, doch äußerten sie sich bei jeder Gelegenheit erbittert und verächtlich über den Grünschnabel, der sich erfrechte, anderer Meinung zu sein als sie und über ihre Köpfe hinweg Befehle zu erteilen.

Sie mußten zusehen, wie er eine Armee von Arbeitern und Beamten anwarb, über die aus Pe- tersburg einlaufen- den Gelder verfügte, Bureauräume einrichtete, große Ma- terialbestellungen machte, Kirchengüter kaufte, und zu all diesen Unternehmungen erzwang er ihre Zustimmung mit einer Dringlichkeit, die sie unverschämt nannten, gewöhn- lich erst nachher. Es war etwas in ihm und trat immer stärker hervor, wogegen alles Widerstreben erlahmte; man mußte sich unterordnen, ob man wollte oder nicht, und als er einmal im Hause des Gouverneurs von der Kirche sprach und sie nach dem Bilde schilderte, das er von ihr im Geiste trug, hingen die Augen der Zuhörer wie verzaubert an seinen Lippen. An diesem Tag entstand auch die hin- ge- bungsvolle Liebe der jungen Natascha Olenin zu ihm, die dann ihr Los unverbrüchlich an seines kettete.

Indessen gruben zahllose Schaufeln am Fuß der Sper- lingsberge, aber auch die Späher, die Neider und die belei- digten und aus ihrer Ruhe aufgescheuchten Würdenträger waren nicht müßig.

Es geschah, daß Witberg, um Bauholz zu gewinnen, von dem Gutsbesitzer Olenin, dem Vater dieser Natascha, ei- nen viele Morgen großen Wald kaufte, einige Meilen vom Fluß entfernt, beim Dorfe Jegorjewsk. Den Umstand, die Entfernung vom Fluß und damit die Verteuerung des Trans- ports, hatte Witberg in seinem Feuereifer nicht genügend überlegt; ehe noch mit dem Fällen der Bäume begonnen worden war, entdeckte er einen andern, ebenso ausgedehn- ten Wald, der demselben Olenin gehörte, aber den Vorteil hatte, daß er dicht am Flusse lag. Er ging zu Olenin und schlug ihm vor, den zweiten Wald gegen den ersten einzu- tauschen; um ihn schneller geneigt zu machen, versprach er ihm einige tausend Rubel mehr als die vereinbarte Summe.

Olenin war's zufrieden, der Wald wurde geschlagen, die Stämme wurden nach Moskau ge- flößt. Bald darauf erwies es sich, daß man noch mehr Holz brauchte, und Witberg entschloß sich, auch den ersten Wald dazu zu kaufen.

In der Fülle und Bedrängnis der Geschäfte hatte Wit- berg verabsäumt, sich ordnungsgemäße Quittungen zu beschaffen. Arglos gab er es zu, als ihn der Senator Kukusch- kin bei einem scheinbar freundschaftlichen Besuch darum befragte. Kukuschkin ließ nicht merken, daß er Böses im Schild führte, im Gegenteil, er äußerte sich väterlich ta- delnd über Witbergs Leichtsinn und ermahnte ihn zu ge- nauerer Rechnungsführung. Am andern Tag aber wurde Olenin verhaftet und ins Gefängnis gebracht. Kukuschkin beschuldigte ihn, denselben Wald zweimal an Witberg ver- kauft und den Staat um hunderttausend Rubel betrogen zu haben.

Logischerweise hätte auch Witberg unter Anklage ge- stellt werden müssen, da ein solcher Betrug ohne seine Mitschuld oder Mitwissenschaft schwerlich hätte stattfin- den können. Aber dazu besaßen seine im Hinterhalt ar- beitenden Feinde den Mut nicht; so weit wollten sie auch nicht gehen. In dem Bericht an den Kaiser wurde er als ein Opfer seiner Gutgläubigkeit und Ge- schäftsunkenntnis ge- schildert, als ein Mann, dessen jugendliche Unerfahrenheit ihn wehrlos zur Beute von Schwindlern und Spekulanten machen müsse. Allerdings wurde angedeutet, der Fall ge- winne ein bedenkliches Licht dadurch, daß zwischen Wit- berg und Natascha Olenin eine Liebesbeziehung bestehe, die seine Sorglosigkeit beinahe sträflich erscheinen lassen könne.

Die siebzehnjährige Natascha warf sich dem Gouver- neur zu Füßen; vergeblich. Sie beschwor Witberg unter Tränen, alles aufzubieten, um den Vater zu retten. Er tat, was er konnte; er schrieb an den Kaiser, an Araktsche- jeff; er machte sich dem Gericht gegenüber anheischig, mit sei- ner Person für Olenins Unschuld zu bürgen. Vergeblich. Dafür, daß er beide Wälder gekauft, konnte er sein Wort und seine Ehre verpfänden; doch die Dokumente fehlten. Olenin selbst, ein etwas beschränkter, aber vollkommen unbescholtener Mann, machte geltend, daß der Wald ja noch an seinem Platz stehe und als Eigentum der Baukom- mission jederzeit gefällt werden könne; Zeugen des Ver- kaufs beider Wälder seien die Gemeindeältesten von Jegor- jewsk und sein Gutsverwalter; alles vergeblich. Das eine Argument wurde mit Achselzucken abgetan; sich darauf zu berufen sei leicht, wenn einem das Messer an der Kehle sitze, hieß es; das andere wurde aus bestimmten Gründen nicht weiter untersucht. Denn es war beschlossene Sache, daß das Recht vergewaltigt werden sollte. Olenin wurde nach Sibirien verschickt.

In ihrem Schmerz und Zorn hatte Natascha gleichwohl erkannt, wer die Verfolger waren und wer der Verfolgte. Durch Leiden gestählt und wissend, was sie auf sich nahm, reichte sie Witberg die Hand zum Ehebund.

## 8

Er genoß aber kein Glück an ihrer Seite, trotzdem sie schön und leidenschaftlich war und das edelste Herz besaß. Und sie mußte alles entbehren, wovon Frauen träumen; noch in Stunden, wo sie einander so nah waren, daß Ader an Ader klopfte, hatte sie nur den Schatten von ihm.

Er war verstrickt und vergeben. Das „ungeheure, wahn- sinnige" Werk fraß alle andere Liebe. Da waren Verträge zu schließen, Lieferungen zu beaufsichtigen, Marmorbrüche zu öffnen, die Quadern Hunderte von Meilen zu transpor- tieren, immer neue Scharen leibeigener Bauern zur Arbeit zu treiben, riesige Materialspeicher zu bauen, Schmiede- werkstätten und Zimmerplätze zu errichten, Glasbläser, Steinmetzen, Maler und Holzschnitzer da und dort auf- zunehmen und aber- und abermals der nicht zu fassende, nicht zu brechende Widerstand zu bekämpfen.

Er gewährte seinem Geist und Körper keinen Augen- blick der Ruhe. Wann und wo man seiner bedurfte, seines Rats, Befehls oder Antriebs, war er da. Er schlichtete Strei- tigkeiten, machte begangene Irrtümer wieder gut, diktierte Briefe, beaufsichtigte den Fortschritt der Ar- beiten, fuhr mit Schnellposten in die umliegenden Städte und Dörfer, verhandelte mit Kaufleu- ten, Schiffern, Fuhrleuten, Prie- stern, Ingenieuren, Ministern und verbrachte die Nächte bis zum Anbruch des Morgens am Zeichentisch, um die Pläne zu verbessern, die bereits gewonnene praktische Ein- sicht zu verwerten, die richtige Lage und Ordnung jeder Säule, jeder Statue, jedes Steins, jedes Balkens zum sound- sovielten Male zu bestimmen. Sein Schlaf noch war Rausch, im Schlaf sein Denken noch ein feurig kreisendes Rad.

Was Wunder, daß er in solcher maßlosen Tätigkeit Fehler über Fehler beging; daß er sich übereilte bei den Bestellungen und bei den Angeboten in Preise willigte, die niedriger gewe- sen wären, wenn er einige Geduld und Händlergeschicklichkeit bewiesen hätte. Daß ihm das Holz in den Lagern zu faulen begann, weil es schlecht ver- staut oder von schlechter Qualität war; daß er, um größere Schnelligkeit und Bereitwilligkeit zu erzielen, Gelder zu Bestechungen verwandte, die andern Zwecken dienen soll- ten; daß er einflußreiche Personen durch seine Schroffheit verletzte und unbedeutende, die ihm zu schmeicheln wuß- ten oder sich willig füg- ten, zu unrecht begünstigte.

Doch wären diese Mißgriffe irgend ins Gewicht gefal- len, wenn einer, ein einziger nur von denen, die ihn hätten fördern sollen, mit einem Hauch gespürt hätte, wer der Mann war, der so stürmisch durch ihre Mitte schritt, was ihn entflammte, was ihn erfüllte? Aber was spürten die, was wußten die; sie fürchteten das Ja und Nein, den ge- raden Weg, das Unbedingnis, das „So und nicht anders"; sie sahen ihn nur in notwendiger Bewegung und nahmen, im wahrsten Sinn, Anstoß an der Bewegung. Er zerrte an ihnen, damit sie ihm helfen möchten, die Last zu tra- gen, sie aber wollten nicht von der Stelle rücken und haß- ten ihn wegen seines Ungestüms. Sie glaubten nicht an ihn, denn er war ja da, ein gewöhnlicher Mensch wie sie selber; sie glaubten nicht an die Sache, weil sie nur Stö- rung ihrer Bequemlichkeit davon erfuhren und keiner sie begriff, den Gedanken nicht, die Form nicht, die Seele nicht.

So legten sie in bösartiger Heimlichkeit Mine auf Mine und spannen Ränke und streuten Verleumdungen aus und erhoben schließlich beim Kaiser eine Reihe von Anklagen wider ihn, von denen jede den Schein von Berechtigung hatte, doch nicht mehr als den Schein. Der Kai- ser befahl Araktschejeff, die Anklagen zu untersuchen. Witberg tat ihm leid, und er ließ ihm insgeheim durch den Priester Fjodor mitteilen, daß er von seiner Unschuld überzeugt sei.

„Mehr brauche ich nicht zu wissen," rief Witberg aus, „was kann mir geschehen, wenn der Zar seinen Arm über mich hält?" Der Priester Fjodor blickte schweigend zu Boden, denn ihm war nicht verborgen geblieben, daß der Kaiser Witbergs müde war, so wie er aller Dinge und aller Men- schen müde war.

Während die Untersuchung noch im Zuge war und neue Beschuldigungen, neue Angriffe zu den alten gefügt wurden, starb der Zar Alexander, und auf den Thron stieg sein Bruder Nikolaus. Durch das Volk ging ein Schaudern und heimliches Raunen, denn es glaubte nicht an den Tod des Vergötterten; es war der Meinung, und diese Meinung befestigte sich immer mehr, daß der Kaiser lebe, daß er nur der Krone entsagt habe, weil es ihm nicht gelungen war, seine Reformen gegen die Großen des Reiches durchzuset- zen, und daß er als Pilger durch das Land ziehe. An vielen Orten wollte man ihn gesehen und erkannt haben, und man wähnte und wartete, daß er wiederkommen würde, gleichsam als Erlöser des bedrückten Volkes.

## 9

Witberg trauerte tief um den erlauchten Schutzherrn, aber versunken in sein Werk, dachte er an keine Gefahr.

Eines Morgens, als er auf die riesige Baustätte kam, schon war mit dem Legen der Grundmauern begonnen worden, erblickte er zu seinem grenzenlosen Erstaunen keinen Menschen dort. Der ganze Platz mit seinen Häu- sern und Hütten, Mörtelgruben, Sandhaufen, Holzlagern, Marmorlagern, Schlossereien und Tischlereien war wie aus- gestorben. Kein Arbeiter, kein Aufseher, kein Ingenieur.

Was war geschehen? Es ist weder Sonntag, noch Feier- tag; aber auch an Sonn- und Feiertagen waren die Wohn- baracken voller Menschen. Heute sind sie alle verlassen. Witberg irrt eine Zeitlang zwischen Steinen, Balken, aus- gelöschten Öfen und leeren Remisen umher, dann eilt er in das Haus des Senators Kukuschkin.

„Hat man Ihnen denn nichts ausgerichtet, Alexander Karlowitsch?" empfängt ihn dieser mit schlecht verhehlter Schadenfreude; „Seine Majestät hat die sofortige Einstel- lung des Baues zu befehlen geruht."

Witberg erwidert keine Silbe. Er steht eine Weile da, furchtbar bleich, und schaut. Er bittet um ein Glas Wasser, der Diener bringt es, er trinkt es gierig aus und geht. Zwei Stunden später befindet er sich auf der Fahrt nach Peters- burg.

Dort angelangt, bittet er um eine Audienz beim Zaren. Die Bitte wird abschlägig beschieden. Er will Araktsche- jeff sprechen; der allmächtig gewesene Minister ist ge- stürzt und darf niemand empfangen. Er sucht Gehör bei den neuen Ministern, er wird abgewiesen. Man behandelt ihn wie einen Verbrecher und vermeidet es ängstlich, in seiner Gesellschaft gesehen zu werden. Er steht Tag für Tag wartend in den Vorzimmern des kaiserlichen Palastes, besticht Lakaien, fleht Kammerherren an, um vorgelassen zu werden. Man zuckt die Achseln. Er wird als An- preiser und Verteidiger seines eigenen, verdächtig gewordenen, besudelten Werkes lächerlich. Man gibt ihm endlich zu verstehen, daß er lästig sei und jagt ihn fort; er verfaßt langwierige Schriftstücke und sendet sie an den Kaiser. Als einzige Antwort wird ihm mitgeteilt, daß der Prozeß gegen ihn anhängig gemacht sei und er sich still zu verhal- ten habe.

Er läßt Frau und Kind aus Moskau kommen und be- ginnt den verzweifelten, aussichtslosen Kampf gegen das Schicksal. Es ist ihm zumute wie einem Menschen, dem das Herz aus der Brust gerissen worden ist. Er hat kein eigentliches Leben mehr, er schlägt nur wie toll um sich. Er besoldet ein halbes Dutzend Winkeladvokaten und ist von Früh bis Mitternacht unterwegs in sinnlosen Verhandlungen und Besprechungen. Er sucht Anhänger zu gewin- nen, eine Partei zu gründen, Kapital zur Fortsetzung des Baues zu sammeln und ist mehr denn einmal in Gefahr, als Verschwörer festgenommen und justifiziert zu werden. Einige Wohlwollende warnen ihn, aber er rast und tobt und verbringt die Nächte bis zum Morgengrauen, wenn er nicht von Schmerz, Enttäuschung und Erbitterung kraftlos ist, nach wie vor mit der Verbesserung seiner Zeichnungen und Pläne und außerdem mit der Verfertigung eines kunstvollen Modells der Kathedrale.

Indessen folgte Prozeß auf Prozeß. Die von der Straf- kammer aufgestellten Anklageakte wurden vom Senat verworfen. Die Punkte, in denen ihn der Senat schuldig befand, erwirkten vor der Strafkammer den Freispruch. Das Ministerkomitee fand sämtliche Anklagen begründet. Neuer Prozeß; neue Erhebungen. Zehn Jahre lang dauerte dies. Dann wurde das Urteil gefällt: Witberg wurde wegen Mißbrauchs des kaiserlichen Vertrauens und wegen des Verlustes, den er der Staatskasse zugefügt, nach Wjatka verbannt. Seine gesamte Habe wurde beschlagnahmt und versteigert, er konnte nicht einmal den täglichen Unterhalt aus dem Zusammenbruch retten und mußte mit seiner Fa- milie in äußerster Armut leben.

## 10

Auch in der Verbannung ergab er sich nicht. Er schrieb unendlich viele Briefe, unendlich viele Gesuche, forderte die Wiederaufnahme des Prozesses, wies auf bisher unver- nommene Zeugen hin, beschwor diese Zeugen schriftlich, die Wahrheit zu bekennen und harrte in brennender Unge- duld auf die Antworten. Er harrte vergebens. Es kam keine, nicht eine einzige. Man hatte ihn vergessen.

Jahr um Jahr verging. Natascha, die ihm zwei Töchter geboren hatte, war ihm nach Wjatka gefolgt. Die beiden Kinder starben dort; nur das Weib blieb an seiner Seite. Aber aus der schönen und lebensfrohen Natascha war eine alte gebrochene stumme Frau geworden. Witberg sah es nicht und wußte es nicht. Er starrte zurück, nur zurück in die Vergangenheit, in die Versunkenheit, in die Gruft, worin das unvollbrachte Werk ruhte, und wehrte sich mit aller Macht und Glut gegen die erbarmungslose Tatsache, daß es zu Ende war mit ihm und seiner Zeit und seiner Berufung und seiner Hoffnung. Ihm war zu Sinn, als habe ihm Gott einen schauerlichen Schabernack gespielt oder ihn geäfft durch einen beseligenden Traum, aus dem er nun erwacht war.

Eines Tages hörte er auf, Verteidigungsschriften zu schreiben und im Bewußtsein seiner Un- schuld an den Kai- ser, an die Gesellschaft, an die Menschheit zu appellieren; er hörte auf, Nacht für Nacht, wie er auch in Wjatka noch getan, an den Plänen für die Kirche weiterzuarbeiten. Das Modell war längst vollendet, aber er wollte es nicht mehr sehen. Er erlahmte, saß mit starren Augen in der Ofenecke, wurde alt und weiß, und seine Kräfte schwanden.

Da ereignete es sich, daß ein fremder Pilger in der Stadt auftauchte, und die Leute, die seiner ansichtig wurden, er- schraken sehr. Durch das Volk ging ein Schaudern und heimliches Rau- nen, und wo immer sich der Pilger zeigte, wichen die Menschen ehrfürchtig-scheu zur Seite.

An einem Karfreitagsabend kam Natascha aus der Kirche nach Hause und sagte zu ihrem Mann, der auf einem Sche- mel kauerte und frierend die Hände in die Pelzärmel gesteckt hatte: „Der fremde Pilger hat mich angesprochen und beglei- tet, Sascha; ich habe ihn aufgefordert, mit uns Tee zu trinken. Draußen steht er und wartet, daß du ihn bittest, einzutreten.“

Witberg wunderte sich, denn seit langem war kein Gast über seine Schwelle gekommen. Er erhob sich schwerfällig, öffnete die Tür und redete den Fremden an. „Tritt ein, Vä- terchen,“ sagte er, „setz dich an unsern Tisch!“

Der Pilger dankte und gehorchte der Aufforderung. Er ließ sich im Schatten des Zimmers nieder, und Natascha zündete den Samowar an. Witberg hatte sich wieder in seine Ecke begeben, und wie kam es nur, er vermochte den Blick nicht mehr von dem Pilger abzuwenden. Gleichsam verzaubert schaute er ihn an, und seine Brust füllte sich mit Schmerz und Traurigkeit.

Der Fremdling hatte einen langen grauen Bart. Er war von hoher Gestalt. In seinem Ge- sicht wohnte der schwermütigste Ernst, ein Ausdruck von tausendfacher Erfahrung menschli- cher Not, menschlicher Schwäche, menschlicher Niedrigkeit. Aber auch etwas, das weit über solcher Erfah- rung lag, ein Unnennbares von Milde und Geduld. Nur den Wanderern ist dies eigen, denen, die weit gegangen sind und viel gesehen haben und geübt sind im Schweigen.

Natascha reichte ihm die dampfende Tasse Tee, er nippte davon, und nach einer Weile fragte er: „Bist du nicht Wit- berg, der Kirchenbauer?“

„Ja, der bin ich,“ erwiderte Witberg und senkte den Kopf, „der die Kirche bauen *wollte* , der bin ich, ja.“

„Ich habe manche getroffen, in denen lebt noch die Sehn- sucht nach deiner Kirche,“ sagte der Pilger sinnend, „gera- deso, als ob du sie wirklich gebaut hättest, geradeso, als ob sie dort in Moskau wirklich stünde. Diese Sehnsucht ist etwas sehr Schönes, sehr rührend ist sie. Einige gibt es, die spre- chen von der Kathedrale wie von einer Verheißung, trotzdem nur die Sage zu ihnen gedrungen ist, vor langen Jahren, daß etwas Derartiges entstehen sollte. Aber andere gibt es, die wollen gar nicht glauben, daß die Kirche nicht gebaut wor- den ist. ‚Wie ist denn das möglich,‘ sagen sie, ‚der Zar hat es doch befohlen und allenthalben hat man davon erzählt;

Und sie schwärmen davon, wie wenn sie die fertige Kirche mit ihren leiblichen Augen gesehen hätten und wissen förmlich Wunderdinge von ihr zu berichten. Ist das nicht seltsam?"

Witberg schwieg finster, aber Natascha sagte mit be- kümmerter Miene: „Das ist freilich seltsam." Sie dachte an all das Herzeleid, die Verwirrung und die Verdunke- lung; sie dachte an die ungerechte Bestrafung des Vaters, an den Tod ihrer Töchter, an die trostlose Einsamkeit des Exils, an ihr zertrümmertes, liebearmes Leben, an all das, woran die nichtgebaute Kirche schuld war. Und da gab es Menschen, für die diese selbe Kirche als etwas Heiliges im Bilde bestand? Seltsam; so seltsam, wie wenn eine giftige Frucht, nachdem man fast erlegen ist unter ihrer Bitterkeit, sich als etwas Süßes in die Erinnerung lügt.

Witberg klagte in seinem Winkel: „Gott hat mich be- auftragt, der Zar hat mich beauftragt. Aber Gott und der Zar haben die Augen geschlossen vor dem Übel und vor der Bosheit. Warum durfte Übel und Bosheit sein, warum, da es um Ewiges ging? Warum mir die Kraft aus der Seele gelistet, mich mit Schande beworfen, mit Neid verfolgt, mit Elend gezüchtigt, da ich doch nichts für mich haben wollte und alles nur für sie? Warum?"

„Einmal warst du ein großer Mensch," flüsterte der Pil- ger; „weißt du, wann das war?" Und als er Nataschas und Witbergs Blicke erregt fragend auf sich gerichtet sah, fügte er noch leiser hinzu: „Bevor du den ersten Spatenstich ge- tan hast."

„Wie denn, was sprichst du da, Unglückseliger!" brach Witberg verzweifelt aus und preßte die Fäuste an die Schlä- fen; „gibt es denn ein Haus, das du sehen kannst, bevor der erste Spatenstich getan ist? War ich nicht von Gott und vom Zaren dazu erwählt, ein Werk oh- negleichen aufzurichten? Ein augenscheinliches Werk? Kann einer etwas erschaffen, das nicht augenscheinlich ist?"

Der Pilger schaute zu Boden und erwiderte sanft: „Dar- über kann man streiten oder auch nicht. Es sind schwie- rige Dinge. Mit den Worten ist es überhaupt schwer. Du drehst sie nach der einen Seite, und sie sind so; du drehst sie nach der andern Seite, und sie sind anders. Ich habe von einem gehört, ich weiß nicht, warst du's oder irgend- wer sonst, der schöpfte sein ganzes Herz aus, als er schuf. Es blieb ihm keine Kraft mehr, und die Weltleute konn- ten ihn umblasen, so schwächlich war er geworden. Ich habe ferner von ihm gehört, daß er sich vor Ungeduld nach Vollendung und Augenschein derart verzehrte, daß er dem Holz und dem Eisen und dem Stein seinen lebendigen Odem einhauchen wollte. Und was geschah? Er hatte auf einmal keinen Odem mehr. Da sah er, daß er verraten und verkauft war. Verraten und verkauft an Holz und Stein und Eisen; an Gedrucktes und an Geschriebenes; an die Läufer und an die Aufpasser und an die Geschäftemacher und die Nutznießer. Und was daraus erfolgte, kannst du dir leicht denken; das Werk wurde zum Stückwerk, und er selber war wie ein Feuer in der Nässe, das nur noch qualmt. Du redest von Augenschein. Was ist es denn mit diesem Au- genschein, was ist es denn groß mit ihm?"

Witberg erhob sich mit zitternden Knien, schritt zu einem Verschlag an der andern Wand der Stube und riß einen zerschlissenen Vorhang weg. Da zeigte sich im flakkernden Kerzenlicht und rötlich bestrahlt vom Ofenfeuer das beinahe mannshohe Modell der Kathedrale, der drei- fache Wunderbau mit Türmen, Stufen, Säulen, Portalen, Kuppeln und Hallen. Der unsichere Schein machte, daß das Abbild wie eine in die Ferne gerückte Wirklichkeit aussah; auf den Dächern flimmerte Gold, die steinernen Figuren ragten überlebensgroß, die zahllosen Trep- pen, in schwungvoller Windung da, in edel-geradem Anstieg dort, hatten in ihrer zur Höhe führenden Gewalt etwas Uner- schütterliches; unter den Gewölben, in ungeheuren Räu- men, glaubte man die Altäre geheimnisvoll schimmern zu sehen; über allem war ein solcher Frieden, eine solche Mächtigkeit und Feierlichkeit ausgegossen, daß zwischen den drei Menschen lange Zeit die Stille des Schmerzes und des Staunens herrschte.

„Das sollte entstehen; so sollte es werden," sagte endlich Witberg mit geisterhaftem Blick; „der Tempel Allerseelen, das Haus für alle Seelen; Bundeszeichen der Völker und unser Volk dem heiligen Bild als nächstes. Die Menschen haben es nicht gewollt. Sie wollten lieber, daß Krieg und Jammer und Lebensangst dauern sollten. Das wollten sie."

Der Pilger schaute ihn an und sagte: „Du mußt frei werden von der schlimmen Qual."

„Wie ist das möglich?" seufzte Witberg; „sag' es mir, und ich will dich für einen Gottge-
sandten ansehn."

Der Pilger senkte den Kopf und antwortete nicht. Als es Abend geworden war, trug Natascha
eine Schüssel mit Kartoffeln auf und lud den Fremdling ein, daß er mithalte. Der Pilger verneigte
sich und setzte sich zu ihnen an den Tisch, blieb aber schweigsam.

## 11

Er bat auch um ein Nachtlager, und als sich Natascha in ihre Kammer zurückgezogen hatte, legten sich die beiden Männer auf die Ofenbank.

Keiner von beiden schlief, und jeder wußte vom andern, daß er wachte. Witberg war in seinem Herzen beunruhigt, denn es strömte von dem Gast unter seinem Dache eine eigentümliche Gewalt aus, die unbeantwortbare Fragen in ihm erweckte.

Um Mitternacht erhob sich der Pilger, kauerte sich ne- ben Witberg auf den Fußboden nieder und sprach zu ihm:

„Ich muß jetzt bald aufbrechen, Alexander Karlowitsch, langes Rasten ist mir nicht erlaubt. Aber ich will dir vor- her noch erzählen, wie es mit unserm Herrn gegangen ist, der dich er- kannt hat, als du von Gott erleuchtet warst. Alle Welt glaubt ihn tot, und man hat auch einen Leichnam begraben, der für seinen galt, und die menschlichen Dinge und Geschicke sind über ihn hinweggeflossen seit vielen Jahren nun. Doch es ist wohlverbürgt, und einige wenige wissen es und haben es als tiefes Geheimnis bewahrt, daß er in Wahrheit noch lebt. Irgendwo in der Verborgenheit lebt er demütig und unbekannt. Eines Tages hat er in der Stille und nach weiser Überlegung die Krone vom Haupt genommen und auf seine Herrschaft verzichtet. Ich will dir sagen, warum er sich dazu entschlossen hat."

Der Pilger versank in langes Sinnen, und Witberg rich- tete sich unwillkürlich auf, um zu sehen, ob er noch in der Stube sei, da begann er wieder zu sprechen. „Viele Jahre ist es her, als ein frommer Greis zu ihm kam, einer von den Gläubigen, die das wahre Bild unseres Herrn in der Brust tragen, und dieser fragte ihn: ‚Wo bist du؟ Der Zar antwortete verwundert: ‚Hier bin ich. Bist du blind, daß du mich nicht erkennst؟ Darauf sagte der Alte: ‚Ich bin nicht blind, trotzdem erkenn’ ich dich nicht. Und auch du selber erkennst dich nicht und weißt nicht, wer du bist.‘ Da wollte der Kaiser ergrimmen, aber der alte Mann nahm ihn so sanft bei der Hand, daß er nicht widerstehen konnte, und fragte: ‚Erkennst du dich in dem, was du tust oder in dem, was du willst? Welches ist deine Gestalt؟ Der Kai- ser erwiderte: ‚Ich verstehe dich nicht.‘ Aber der Greis ver- setzte: ‚Du verstehst nur meine Worte nicht, meinen Sinn verstehst du gewiß.‘ ‚Und was ist denn dein Sinn؟ fragte der Zar. ‚Der Sinn ist, daß du nicht einig mit dir bist. Du hast außen eine Gestalt, und du hast innen eine Ge- stalt; die eine ist wirklich, die andre ist Trug. Der Mensch außen, der Trugmensch, will zu dem innen dringen, dem wirklichen, aber er vermag es nicht, denn der innere geht einen andern Weg und hat ein anderes Gesicht und führt eine andere Rede.‘ Der Kaiser war fast erschrocken und bat: ‚Erkläre mir das. Ich fühle, daß du das Rechte sprichst, aber erkläre es mir mit gewöhnlichen Worten.‘ — ‚Das will ich gerne tun,‘ entgegnete ihm der Greis, ‚hör’ mir aufmerksam zu.‘

Er setzte sich ihm gegenüber und sagte: ‚Du bist Gebie- ter über die Menschen, aber wo ist eigentlich deine Macht? Du belohnst sie und du bestrafst sie, das ist alles, aber es ist nicht genug. Was richtest du aus mit Lohn und Strafe? Was besserst du mit Ich will und Ich will nicht? Was ver- wandelst du mit dem Sollen und dem Müssen? Was kehrt zu dir zurück von deinem Tun? Du hast zu den Waffen ge- griffen und deine Fahnen zum Sieg geführt. Aber hast du auch den Frieden erstritten? Wo ist der Frieden? Ich sehe nur Blut und Schmerz und Tod. Du hast das Gute gewollt und nach dem Sinn der göttlichen Lehre geforscht, aber sobald es in Menschenmund kam und Menschenhauch es berührte, ist es mißdeutet und verunreinigt worden. Dies und jenes hast du vollbracht, aber wenn du es anschaust, grämst du dich, denn es ist nicht mehr dasselbe, wonach du in deinem Herzen verlangt hast. Wirf es ab von dir; ent- zieh dich all dem Tun; laß hinter dir den Schauplatz des Ir- rens und Verwirrens; nimm deine innere Gestalt an؛ Der Zar ging in sich, und er sah, daß der fromme alte Mann recht hatte, und er befolgte seinen Rat. Als ihn nun die Menschen nicht mehr mit leiblichen Augen wahrnehmen konnten, erschauten sie ihn mit geistigen. Er wurde gleichsam ihr schöner Traum, und in diesem schönen Traum wurde er nach und nach so rund, so leuchtend, fast wie ein Gestirn. Es geht den Menschen mit ihm genau so, wie es unserm sehnsüchtigen Volk mit der

Kathedrale geht, die du nicht gebaut hast. Sie ist ihnen zum wunderbaren Traum geworden, und das ist möglicherweise mehr und bedeutet Höheres, als wenn sie die überzeugendste Wirklichkeit vor sich hätten."

„So soll man also die Hände in den Schoß legen und sich der Mühewaltung entschlagen?" fragte Witberg finster.

„O nein, das nicht," erwiderte der Pilger rasch, „aber bedenke: jede Verwirklichung hat ihre unabänderlich be- stimmte Zeit. Als die Zeit des Johannes war, war noch nicht die Zeit Christi, unseres Erlösers, und die Zeit, wo deine Kathedrale noch Traum bleiben muß, ist nicht die, wo sie in Stein und Gold auf der Erde erstehen kann. Das muß man im Leiden erfahren, wann die Zeit gekommen ist."

So redete der Pilger und ging hinaus in die Nacht.

## 12

Witberg sann und sann. Nicht bloß in dieser einen Nacht, sondern in vielen, die nachher kamen, und sein Sinnen reifte langsam zum Gedanken. Er rang mit sich und seinem Dämon, er rang schwer, und es wird überliefert, daß er eines Morgens, als die letzte Erkenntnis ihn traf, das Modell und Abbild der Kirche mit Hilfe seines Weibes in den Hof hinter dem Haus schaffte, es dort anzündete und zusah, wie es die Flammen verzehrten.

Bald darauf starb er.

www.ingramcontent.com/pod-product-compliance
Lightning Source LLC
LaVergne TN
LVHW020934200726
843506LV00011B/1992